U0069753

二魚文化

臺灣詩選

The Best Taiwanese Poetry,

2015

主編／蕭蕭

編輯委員／白靈、向陽、陳義芝、焦桐

CONTENTS

2015臺灣詩選選目

2015臺灣「年度詩獎」讚辭
得獎人：李長青

　　李長青先生長年創作，是1970年代出生的詩人群中創作力最旺盛、詩作版圖最寬廣的一位。他的詩，早期從寫實主義出發，對於臺灣社會現實提出敏銳的觀察和批判，駕繁於簡，語言明澈。1990年代末期開始散文詩與臺語詩創作，佳作迭出。他的散文詩結合後現代書寫，從物象與現象之中，顛覆既有意涵，重行拼貼、再構新貌；他的臺語詩則能融匯當代臺語多重聲調，展現異於前行詩人的風格，從《江湖》到《風聲》，無論在題材選擇、內容拓展和技巧轉化上，都能一開臺語詩寬闊與細膩兼容、典麗與素直並存的語境，指出臺語現代詩書寫的新路。

臺灣詩選編輯委員會

2015臺灣「年度詩獎」得獎感言
我時常想起

李長青

1.

　　我時常想起，如何開始對詩，產生興趣。

　　仔細釐清一些事情發生的先後順序之後，我認為是這樣的：當我在學生時代發現有一個「文字的世界」，竟然似乎是那樣大大地、遠遠地、靜靜地卻也狠狠地甚且許多時候彷若是決絕的不同於「生活的世界」時，我便隱約明白了，文字的世界，應該可以是一個接納我，進而收納我的地方。

　　當然，必須是時間漸漸推移到比較後來的時候，我才更清楚知道，文字的世界於我而言，已濃縮，結晶成為「詩」的借代；此外，我也更清楚感受到，文字的世界如何在接納了我以及我的情緒、思維之後，進一步也收納了我的人生。

2.

　　我時常想起，我是如何，讓詩，保全了原本可能被這個生活的世界淺咬深嚙、輕撕重扯的身心。

3.

　　我時常想起人生無根蒂，飄如陌上塵。也時常感到分散逐風轉，此已非常身。不重來的，不只是盛年；難再的，也非僅一晨一日。

　　我時常想起我是如何因為詩，而在這個可怖多憂的生活的世界裡，不只一次，變得勇敢。不只一次，變得自信，變得堅定。

4.

　　非常感激年度詩獎編輯委員會的五位編委，給了我這個對於一名寫詩的人來說如此榮耀的肯定。

　　五位編委都是我老師輩的傑出詩人，也都是我長期以來捧讀的詩集作者，我衷心喜愛並敬重他們的詩與人。在我習詩的路途上，他們的詩與人都曾與我有著不同的因緣，都曾啟發我的心智與書寫，也因此，這個獎——重重的、深深的鼓舞了我。

大不同才見眞章
──《2015臺灣詩選》編選序

　　西方人説：「魔鬼藏在細節裡。（The devil is in the details.）」企業家、服務業都信奉這句話，郭台銘特別將這句話列為警惕自己的語錄之一。編竣《2015臺灣詩選》，我心中忽然也想起這句話。

　　仔細揣摩這句話的涵義，可能有兩種型態，一種是説，眾多行事過程裡很多人會忽略了小地方，這小小的地方卻有可能就是關鍵所在，小小失誤可能導致大大的敗績。古人説：「一失足成千古恨。」下棋的人説：「棋失一著。」大約都是這層意思。另一種是，當你努力進行一件事，很多難題、難關，卻是卡在小事上。俗話説：「閻王易見，小鬼難纏。」可見，越是卑微、細小的人、事、物，越有可能讓你上下不得，將你卡住。

　　我想的是，文學創作時是不是也應該常常想著「魔鬼藏在細節裡」這句話，臉書、社團、Line、WeChat串流的時代，如果常常守著手機、電腦、網頁，寫詩的朋友每天可能過目的詩作，總有上百首，來不及細嚼，不可能慢嚥，沒機會反芻，這種大量閱讀、快速生產的結果，可能是面目模糊，體型相近。我的意思就是網路時代的新詩，很有可能越來越趨大同，再無小異的空間，沒有小異、沒有細節的辨識力，「你」就不是你了！

　　「魔鬼藏在細節裡」，你曾檢討自己：如何鶴立於雞群中嗎？

「魔鬼藏在細節裡」，詩人曾檢討自己：我的細節妥善處理了嗎？

　　「魔鬼藏在細節裡」，每個大學系所曾檢討：我們有自己的特色、亮點嗎？

　　不似則失其所以為詩，似則失其所以為我。新詩，百年來沒有約定俗成的格律，所以我們沒有「不似」的疑慮，現在卻有了「太似」的困擾。「太似」，「你」就不是你了！

　　白萩說過：今天的我要殺死昨天的我。——這今天的我才是有創意的我。

　　今天的我不可以類近昨天的我，當然更不能類近昨天的他。——這細微處，不該有魔鬼。

　　我終究是樂觀的人，我喜歡反說這句話：「天使藏在細節裡。」西方人會將「魔鬼」與「細節」連結，因為「devil」與「details」音協。如果真注意細節，有沒有發現這句格言裡的「details」用的是複數，太多太多的細節裡都藏著魔鬼。

　　不。反過來說吧！太多太多的細節裡藏著「天使」。

　　詩人，要讓自己詩的許多細微處藏著「天使」。

詩作
Poems

白金對戒

冰夕

我們嘗試著把餐桌上
溜走的浪漫揪回來
把分歧的價值觀扭轉到最小聲
像輕按住螻蟻的彼此
怕壓碎經年築巢的甜餅
直到記憶
從夜夢中扭曲升起
發汗悲壯的神情

切記，跨出巷口就別一副喪狗樣
是長年來唯一的默契

《大海洋》詩刊 90 期 2015 年 1 月 1 日

詩人自述

　　冰夕，雙魚女，出生臺灣臺北，喜好藝術事物。2001 年接觸網路詩，刊載《詩路 2001 年詩選》。2002 年發起「我們隱匿的馬戲班」創作群。2004 年經營個人部落格「閱夜·冰小夕」迄今。作品收入《國語日報》、《中國當代詩庫 2007 卷》、《創世紀詩刊》等。現擔任：「Today·今天——文學網站首頁／網版責任編輯」、「台灣詩學·論壇／創作區總版」。著有《抖音石》、《謬愛》詩集。

關於本詩

　　〈白金對戒〉是從現代生活筆觸取材，看傳統東方保守家庭的觀感。一種自小被教育成，無論夫妻是否背離了個人價值觀，或一個人被另一半所取代，都得完成「某默契」。在看似無風浪的平靜避風港裡，總壓抑一顆既嚮往初衷之愛的幽微眼眸，卻糾葛了酸澀；揉合感恩故事的矛盾景深。

　　當愛情變親情時，其因果皆似前世緣未了、今生情字路飄雪。

重讀少作

孟樊

隨手翻閱未曾曝光的詩作
一一封存於陰暗的時光膠囊裡
用字舛誤疏漏，意象失準乃至陳腐
左瞧右看，來回逡巡
那是我蠢動留下青澀的
痕跡，泛黃在夜空下
羽化成星光點點飛翔

翱翔在 A 女郎那漫步翩翩
「靜謐中吹來春暖秋涼的氣息」
「與我同化為無形
遺下一尾長長的刪節號」
但那說溜嘴的
始終說不出口的話
卻被另一位 B 女郎
「輕輕地踩過」
「像地上碎碎的
碎碎的落花」

我真有憂傷不能歌嗎？
「那一季的信箋叫我流連

溜躂在妳的舞衣下
尋覓三月裡仍舊聆聽的音籟
在五線譜上抓住失音的樂符」
這可是回給少女 C 的答書
令人一夜無法成眠的意象

而留連在一封封拆了又糊上
密密麻麻的思念
像夜鶯那神祕帶點悲戚的吟誦：
「當你正傾洩你的心懷
發出這般的狂喜
你仍將歌唱，但我耳朵已然徒勞
你高亢的輓歌成了草皮一堆」
唉，在詩思裡我用盡了言辭
只求來──「在最清澄的路上
妳是唯一的美」

是的，妳們是唯一的美
就這般將時光凍結
在我年少手寫的情詩裡
手心依然留下數不盡的
…………

《乾坤》詩刊 73 期 2015 年 1 月 1 日

詩人自述

孟樊，本名陳俊榮。國立臺灣大學法學博士。曾獲中國文藝獎章。現為國立臺北教育大學語文與創作學系教授。曾長期於傳播界任職，擔任報社副刊編輯、主筆，雜誌社主編與出版社總編輯，並於國內外各大報刊開設專欄長達十數年。曾任臺北教育大學語文與創作系暨佛光大學文學系系主任、香港浸會大學中文系訪問教授。出版有《S.L.和寶藍色筆記》、《旅遊寫真》、《戲擬詩》、《台灣文學輕批評》、《當代台灣新詩理論》、《台灣後現代詩的理論與實際》、《文學史如何可能——台灣新文學史論》、《台灣中生代詩人論》……，包括詩集、散文集、文化評論、文學評論、學術論著與翻譯著作，凡三十餘冊。

關於本詩

曾有過一個念頭：把少作重編，讓它們重新「出土」；不可諱言，這需要極大的勇氣，畢竟少作多屬不成熟之作，而且留下來的多數又是情詩。我不知道下一本詩集出版時，有無這樣的勇氣？這首詩是在重讀少作時再生的「第二度創作」，當中鑲嵌了幾首我少作中的詩句，包括我在《南一中青年》第一首正式發表的〈答書〉，同時將我少時喜愛的濟慈的〈夜鶯頌〉一併入詩，也作為對浪漫情懷的禮讚。

究其實，如此創作，是我近來執迷於互文性遊戲的另一種嘗試。除了以詩重寫其他文類，也把矛頭指向自己的作品，才有此一「重讀少作」的戲作。

黃昏的垂釣者

胡爾泰

悠閒的釣客
以斜陽為釣竿
光陰為餌
在溪邊坐定
等待秋肥的魚兒上鉤

沒有魚兒上鉤
溪邊的垂釣者
意外地
釣起了 一溪的秋色

《乾坤》詩刊 73 期 2015 年 1 月 1 日

詩人自述

　　胡爾泰，臺灣臺南人，1951 年生。1990 年於臺灣師範大學取得文學博士學位。曾任教於臺灣師大二十二年，清雲科大九年。出版詩集《翡冷翠的秋晨》、《白日集》、《香格里拉》、《白色的回憶》、《聖摩爾的黃昏》，詩論〈對話的批判與批判的對話——論丁文智的詩〉、〈論羅門詩中「塔」的意象及其象徵意義〉、〈從青鳥到青蓮——論蓉子詩風的延續與轉變〉多篇。

關於本詩

　　〈黃昏的垂釣者〉這首詩以鮮明的意象和隱喻、頂真、反諷的手法，描寫黃昏的垂釣。全詩以「釣」為詩眼，勾勒「主釣者」或「釣具」與「被釣者」的關係：釣客既是主釣者，亦是被釣者；斜陽和光陰既是釣具，又是被釣者。整首詩也暗示人間事的不可預料性：本來的垂釣目標——「魚兒」不見了，不預期的目標——「秋色」卻被釣起，呈現一種矛盾的張力。

青春帷幕
——追念「捷運殺人事件」中一位遇害的年輕生命

龔華

何時陽光斜影如利刃翩翩
每粒心悸被迫染上都會的顫抖

集體的圍城或失守
粉碎於一霎那虛妄間

罪惡的省思或更生
來不及跟蹤城市的毀滅進行曲

午後捷運的圓夢車廂裡
依然延燒著遙遠的青春路

尚待開啟的彩虹帷幕上
手中緊握著初試人生的答案卷

你唯恐延誤了晚餐上
向親人播報喜訊的約定

《乾坤》詩刊 73 期 2015 年 1 月 1

詩人自述

　　輔大食品營養系，文化大學中研所。資歷：乾坤詩社社長，小白屋詩社社長，臺灣同心緣關懷協會理事，北榮醫品管委會委員。曾參與世界詩人大會、國際格瑞那達詩歌節、海峽兩岸等文化交流。著作：小品《情詩・情思》、詩集《花戀》、詩選集《我們看風景去》、詩畫文集《永不說再見》、詩集翻譯《世界詩選──鶴山七賢》、繪本譯寫《醜小鴨》等共十一種。獲頒：「散文獎」、「詩運獎」、「詩歌藝術創作獎」。

關於本詩

　　捷運為城市上班族帶來極大的便利，更是晨間美好。未料〈晨間捷運〉詩作才擬稿未久，卻發生了「鄭捷殺人事件」。瞬間，「……站名的溫熱或冷颼／背離都更的願景或剝奪／／抑鬱或確幸／一起滾入同溫的晨曦中／／滑過嫌隙的防風林／藍白衣裳同一方向顛起腳尖 聽／／蠕動的節奏裡／那優美的晨間刷卡鐘」的靜好，瀕臨崩潰。為之震撼，乃對比〈晨間捷運〉詩行模式，寫下此詩。

軟房間
──彭怡平《女人的房間》讀後

鴻鴻

你有一個柔軟的房間
有時肥沃、潮濕
讓你可以自在地又踢又打
像在子宮裡一樣
讓你在裡頭種花
讓你養一顆月亮
有時乾裂、滲血
像被烈日鞭笞過
有時因痛而絞扭
在夢裡也叫不出聲
有時舒展開來
像火山噴湧的蒸氣
把彩色天花板烤得暈陶陶
像大海起伏斑斕
暗暗交會著暖流黑潮
不知名的生物各自愛著，淚著，歌唱著

房間裡有剪刀、針線、鍋鏟
讓你編織自己的姓氏，花一般開放
剪掉自己的姓氏，花瓣一般飛散
翻土，翻身，也翻攪著
熟成，熟爛，還發出焦味的

生生死死的片段

女兒在喊你，情人在喊你，酒在杯底喊你
在軟房間裡
回聲是夏夜的風
把門窗吹得開開關關
那是你的音樂
那是你的驪歌
那是你的搖籃曲

軟房間，你雪中的漂流，你的寺廟，你的醫院，你的熱氣球
你書寫，然後又消失的地方

《聯合報》聯合副刊 2015 年 1 月 19 日

▌ 詩人自述

　　1964 年生於臺南。國立藝術學院戲劇系畢業。曾獲吳三連文藝獎。
出版有詩集《暴民之歌》等七種、評論《新世紀台灣劇場》、散文《晒
T 恤》、《阿瓜日記——八〇年代文青記事》及小說、劇本、電影作品
多種。現為「黑眼睛文化」及「黑眼睛跨劇團」藝術總監，《衛生紙＋》
主編，臺北詩歌節策展人，並在國立臺北藝術大學電影系任教。

▌ 關於本詩

　　舊友怡平執行「女人的房間」拍攝計畫凡九年，從世界十國兩百位
受訪女性中選出四十位集結成書，以眾多私密的房間排比出當代性別、
家庭、社會、種族、歷史、宗教的洋洋大觀，問序於我。我既非女性、
也非社會學家，然讀此書稿，卻對女性背負種種社會成見與定位的生命
歷程深有所感，乃以詩代序。

梵谷

阿布

凝視過人間太久
星星都磨穿了洞
終究是背光的一生
太多噪音了
那些收割後的耳朵
只能留在畫裡
成為永恆的向日葵
吹奏光之銅管
在日出以前
世界還沒有色彩的時候
就已經抵達過
最高亢的音

《聯合報》聯合副刊 2015 年 1 月 27 日

▌詩人自述

　　1986 年生於臺灣，著有詩集《Déjà vu 似曾相識》（2012 遠景）、散文集《實習醫生的祕密手記》（2013 天下文化）、《來自天堂的微光》（2013 遠流）。2016 年出版詩集《Jamais vu 似陌生感》（寶瓶）。

▌關於本詩

　　讀者有解釋詩的權力，詩也有解釋自己的權力；唯有作者，在詩完成以後，就拍拍屁股轉身繼續寫下一首詩去了。

隨手把我擱在岩石上

蕭 蕭

風雨平靜的時候
隨手把我擱在
任何一顆岩石的右側就好
我會跟著青苔一起不朽

月色皎潔的夜晚
隨手把我放在
任何兩塊磚頭的隙縫間就好
我會跟灰塵一起增加生命的厚實
在你看不見的時候一起衰老

花香飄散的春日裡
隨手把我丟在
樹後也好，籬前也好
我會隨著搬遷來搬遷去的螞蟻
數算夕陽幾度西沉幾度紅

溪水輕唱的清晨
隨手把我安置在人的腳印裡
或者車的胎痕裡　都可以
我會提醒自己跳開、逃離

就像那遠去的腳步聲
　　　　遠去的車輪聲
　　　　遠去的歲月
　　　　或夢

鐘聲一聲聲響起來
隨手，哪裡都不賴
就是不要把我藏在心裡
比起葡萄，心那麼容易腐敗

《聯合報》聯合副刊 2015 年 1 月 30 日

▌詩人自述

　　蕭蕭（蕭水順，1947-），彰化人，輔大中文系畢業，臺師大國文研究所碩士。明道大學國學所講座教授兼人文學院院長，「臺灣詩學季刊社」社長。最新著作：詩集《松下聽濤》、《月白風清》、《雲水依依》，散文集《快樂工程》，評論集《我夢周公周公夢蝶》。

▌關於本詩

　　每個人都期望深情厚愛，但是情愛要深厚到什麼程度才能讓人滿意、讓人舒適？如果放棄這種計較，單純享受情愛，即使是一點點陽光、一點點雨水、一點點縫隙，不也足夠長青苔、看夕陽？

三片茶葉

張繼琳

之一

搭牛車
前往　農業時代

「好多的弱勢和
低收入者……」

蒸氣火車　走下了一批
演歌仔戲的旅客——

「楚漢相爭和三國的故事
可以一演再演……」

最好的觀眾
都是老人　小孩

之二

附近住戶表示
大魚大肉吃多了

總有一天　傾家蕩產

「敗家子　躲起來
哭……」

哭　很接近
鞠躬道歉

黑白照片中
被拆除的紅磚祖厝
還在全國　巡迴展出

之三

一碗粥
曾是結實的米飯

從外觀來説
鋤頭就是獎盃　表揚了
過日子的勞苦

平原上的雨水　稻田　白鷺鷥
一再淨化人心……

而滿溢的蟲聲蛙鳴
早已蔓延越過
盛夏中　發亮的雪山山脈

《中國時報》人間副刊 2015 年 2 月 2 日

▌詩人自述

　　張繼琳。生於臺灣宜蘭，文化大學美術系畢業。曾獲聯合報、自由時報、中國時報文學獎等。現為壯圍國中教師。

▌關於本詩

　　近兩年與妻忙於照顧幼兒……。企圖心再大，也只能「夾縫求生」，因此寫的幾乎都是短詩。每天逼迫自己要有 0.1，哪怕只是 0.01，滴水穿石的進度。我明白那緩慢沁入的力量，最後其實可觀……三片茶葉，就是這麼來的。

轉手花

廖之韻

在佛的眼下起舞
在佛的掌心拾起天女的
花
幾千萬次，盛開
在
心
中
我們學習成為一名女子
反手，翻轉
揢不著生生世世的悲喜
僅有一次輪迴
滴
答
幾個音符留下了
留下了，幾個時間
依偎著
身體的動靜
從手腕開始，指尖迸出悄悄的
你，女子與佛說

《聯合報》聯合副刊 2015 年 2 月 3 日

詩人自述

　　廖之韻，詩人、作家、肚皮舞孃。現任奇異果文創總編輯。著有現代詩《好好舞》、《持續初戀直到水星逆轉》、《以美人之名》，散文《快樂，自信，做妖精》、《我吃了一座城》，小說《裸・色》、《備忘》。

關於本詩

　　轉手花，一種肚皮舞的舞蹈動作。
　　轉手花，女子在佛的手心成為女子。

夜曲

侯吉諒

妳是一把橫臥的琵琶
細頸寬腹，令人屏息的曲線
絲滑如開展的荷葉，向上挺起
飽滿堅實似含苞未開的荷花
霧氣慢慢在花尖凝聚
露水般將滴未滴，沿著花瓣
安靜無聲，如絲弦上的揉捻
單音撥彈，樂句緩步前行
開始訴說，欲言又止的心事
一步一回頭，一步一徘徊
在寬廣的琴腔中迴盪
隱忍如冬天的春意
卻有一種忍不住的喧譁
快速輪指的琶音
輕輕低吟如夢中的微風吹過
遙遠的記憶在雲端飛翔
逐漸升高的音階，上上又下下
醞釀著，醞釀著
最強音，猛然撕裂寂靜的夜色
煙火般爆發，絢麗照亮曠野的夜空
不斷劃過天際，彷彿宇宙初生

不斷的爆炸與旋轉
琵琶的聲音滾動傾洩
珠玉燦爛的流星
暴雨般衝擊，天地交響著霹靂
而後，忽然一切動作停止
收聲罷音、顏色回歸純白
妳端然不動如豎立的琵琶
靜穆如夢

《聯合報》聯合副刊 2015 年 2 月 10 日

▍詩人自述

　　侯吉諒，是詩人、畫家，同時擅長書法、篆刻及散文創作。師承前
臺北故宮副院長江兆申先生。出生臺灣嘉義。多次獲得「時報文學獎」。
已出版詩集《交響詩》等七本，散文集《神來之筆》（爾雅）、《石上
書法》（木馬）等十八本，書畫作品集《筆墨新天》等九本。

　　已在臺灣、美國、日本等地舉辦過數十次書畫展。2004 年受邀赴
華盛頓展覽，同時應邀至美國國務院、馬里蘭大學演講並示範。首創以
數學、幾何、物理、力學解析書法觀念及賞析，公開四十多年的書寫祕
技，致力推展臺灣書法教育。

　　《紙上太極》（木馬）展現生活中的書法美學與境界探索。書法是
文化的根本，透過《如何看懂書法》（典藏）、《如何欣賞書法》（藝
術家）讓喜愛書法的人，有系統地了解書法，擁有正確的觀念與態度深
入欣賞書法，從而理解時代的風格對生活、文化的影響與意義。

▍關於本詩

　　留白。

湖南印象二首

羅青

乾州古城印象
一片荷葉
偶然因風
壓斜了
一朵盛開的荷花

和風暖暖的吹來
綠葉輕輕的壓下
花瓣微微的紛亂
花心嬌嬌的呻吟

慢一點慢一點
風兒你慢一點
柔一點柔一點
葉子你柔一點

別吹壞了壓壞了
藏在金黃花心裡
一隻採蜜的
黑色小野蜂

湘潭韶山印象

幾間黑瓦屋
抱著一池翠綠粉紅的荷花
在小山邊邊芸芸眾聲之中
泰然假寐

忽然
從幽深的池裡
飛出一隻
紅蜻蜓

在荷葉之間
草草打了幾個標點
留下一首絕句
又隱去

嗯——想想
這畢竟應該是
一個詩人的
故居

《聯合報》聯合副刊 2015 年 2 月 16 日

▌詩人自述

羅青，湖南湘潭人，1948 年生於青島，曾任國立臺灣師範大學英語系所、翻研所、美術系所教授；輔仁大學中英文系所教授、上海大學美術學院、北京中央美院、中國藝術研究院，湖南師範大學特聘榮譽客座教授、東大書局滄海美術叢書主編；明道大學英語系主任，鐵梅藝術中心主任；美國傅爾布萊德獎講座教授、美國華盛頓大學、馬利蘭大學、理德大學、明尼蘇達大學、英國牛津大學、倫敦大學客座教授。出版有詩集、散文集、詩論、譯詩集、書畫集及書畫評論集五十多種；獲第一屆中國現代詩獎（1972）、鹿特丹國際詩人獎（1993）；詩作有十四種外文譯本行世。

▌關於本詩

2014 年夏，隨夏潮基金會「臺灣作家參訪團」訪湖南，登岳陽樓，有千古盛衰之嘆，成〈登岳陽樓〉詩一首：

岳陽樓一二三層
我卻登入第四層
管他唐宋元明清
上我心中第一樓

於是詩興迭起，得〈湖南印象九首〉，此其二。有四千二百年歷史的乾州古城，在新城的包圍下，如一朵荷花在眾多綠葉及現代野風的推擠中，搖搖欲墜。韶山有毛潤之故居，商店出售《毛澤東詩詞書法選》。

小沙彌戲讀

辛金順

師父，如是我聞，桃花開滿了三月
木魚敲來了窗外雨聲
芭蕉瀟瀟，佛走成樹的蔭影
遮護四散而逃的群蟻

八點晨鐘全被壓到了心底
夢幻
在背誦的經書裡都成了泡影
一念，三千
微塵靜靜的敷坐

（師父，小鳥飛走了
明天還會飛回來嗎？）

妄相，妄相
剝開如來的身體，可見
眾生
不斷與死亡搏鬥

我聞如是，師父
經文途經回家的小路
忘了把耳朵藏起

讓心靜定，誦讀
簷滴，在短短的夢裡
斷斷　續續

師父。

（師父，小鳥飛走了
明天還會飛回來嗎？）

《中國時報》人間副刊 2015 年 2 月 16 日

▍詩人自述

國立中正大學中國文學博士。曾任教於臺灣國立中正大學和南華大
學、馬來西亞拉曼大學中文系。

曾獲：馬來西亞海鷗文學獎新詩首獎和散文特優獎、中國時報新詩
首獎、臺北文學獎新詩首獎和散文優選獎和中央日報新詩特優獎。

著有詩集：《風起的時候》、《最後的家園》、《詩圖誌》、《記
憶書冊》、《說話》、《注音》、《在遠方》、《時光》、《詩／畫：
對話》；散文集：《江山有待》、《一笑人間萬事》、《月光照不回的路》、
《私秘語》；論文集：《秘響交音──華語語系文學論集》，論著：《存
在、荒謬、知識份子──錢鍾書小說主題思想研究》、《中國現代小說
的國族書寫──以身體隱喻為觀察核心》；總編《馬來西亞潮籍作家作
品集 1957-2014》（新詩、散文、小說）；主編《時代、典律、本土性：
馬華現代詩國際學術研討會論文集》、《時代新書：中國現代小說選讀》
等。

▍關於本詩

〈小沙彌戲讀〉是「詩／畫：對話」中的一首詩。以詩去閱讀旅寮
畫家陳琳的一幅油畫。

全詩企圖寫出小沙彌晨讀時的童趣，並與老師父進行對照，以呈現
出世間佛法、時流、生命的靜定與困惑、生死、常與無常等種種法相。

而詩的對話，在詩裡；也在詩外。

火中諸神
──觀吳耿禎剪紙

許悔之

羚羊掛角
火一般竄生的角
無跡可尋
山與樹之間
是火雲
許多古老的神話
刑天、炎帝、蚩尤
我們專注的看著
剪紙，紙上的風雲滾滾
一張濃縮的山海經
火中的羚羊
火中的諸神
心的蹄痕

《聯合報》聯合副刊 2015 年 2 月 23 日

▍詩人自述

　　許悔之，1966 年生，臺灣桃園人，曾獲多種文學獎項及雜誌編輯金鼎獎，曾任《自由時報》副刊主編、《聯合文學》雜誌及出版社總編輯，現為有鹿文化事業有限公司之總經理兼總編輯。著有散文《創作的型錄》、《眼耳鼻舌》、《我一個人記住就好》；詩集《陽光蜂房》、《家族》、《肉身》、《我佛莫要，為我流淚》、《當一隻鯨魚渴望海洋》、《有鹿哀愁》、《亮的天》等。

▍關於本詩

　　吳耿禎是我非常欣賞的藝術家，他的作品充滿了詩意和格力。他在一個展覽計畫中，邀請朋友用文字回應他的剪紙藝術作品，我就寫了這首詩。詩從他的作品出發，其實他的作品比我的詩走得更遠。

沙漠

汪啟疆

1

極度寂寞
沙，神的遊戲進行
瞬息永恆的遷移
細微……粉屑之變貌，風所
堆壘、組合、消散的
腰臀、夢般背脊

我為自己取了方向
背朝太陽疊好影子
倒下時天空與風沙
已答應不說一語

2

燃燒的黃色
喘倦的紋皺

塔喀拉瑪干
在它的深處堆著
所有太陽和蝸牛
燙液的空殼

3
時間吃掉了
生命的一切
同樣凝乾油漆的
骨頭訴說著
沙塵是都被囚禁了
……即使夢裡
中國，堆滿菸蒂
每一粒人頭仍是乾涸無比

《自由時報》自由副刊 2015 年 2 月 25 日

▌詩人自述

　　海軍。現為講員及監獄志工，監獄讀書寫作班輔導。2015 年出版詩集《季節》（九歌），2016 年預計出版詩文集《加利利海邊》（校園）。

▌關於本詩

　　其實是由於自己的乾渴感所形成的象徵意識。沙漠如大海般諸多不測，但我們走入探找，於是在向一個巨大形成挑戰，反襯必然挫敗，但死亡得有志氣的不甘屈服與自得感。在極大的孤獨內蠕動著遺骸，火燙的一切，整個十二億人口都陷在思維與美學的困惑裡。

夜宿金瓜石

白靈

誰何曾瞥見夜
及無數的手掏空後
一隻瓜惑魅之身影？

連牛頓也計算不出
用鐵鍬製造天籟的
幾何結構吧？

傳奇和地圖如何量測
滿山塋冢和一地火金姑
不眠的集體潛意識？

深入地心的礦坑啊
如伸進上帝之眼
有七百億光年那麼遙遠

連蟲聲也把這隻瓜叫空了
仍有多少雙不闔之目
如睜開的新月

一秒又一秒，割裂著窗框
也享受著，彷彿
愛被地球搓揉的小草

註：總面積不到五平方公里的金瓜石，據聞地下縱橫交錯的坑道長達六、
七百公里。

《聯合報》聯合副刊 2015 年 2 月 27 日

▌ 詩人自述

　　白靈，本名莊祖煌，1951 年生，福建惠安人，現任臺北科技大學副
教授。年度詩選編委，曾任臺灣詩學季刊主編五年，作品曾獲中山文藝獎、
國家文藝獎、2011 新詩金典獎等十餘項。創辦「詩的聲光」，推廣詩的
另類展演型式。著有詩集《昨日之肉》、《五行詩及其手稿》、《愛與死
的間隙》、《女人與玻璃的幾種關係》等十一種，童詩集兩種，散文集《給
夢一把梯子》等三種，詩論集《一首詩的玩法》等六種。近年介入網路，
建置個人網頁「白靈文學船」、「乒乓詩」、「無臉男女之布演臺灣」等
十二種（http://www.ntut.edu.tw/~thchuang/）。

▌ 關於本詩

　　金瓜石與九份是臺灣百年近代史最具體的縮影，由荒山野村一躍成為
金坑，吸引了幾萬個夢和鋤頭鏟鍬槍砲火藥金店青樓往裡頭填。轉瞬繁華
落盡，幾年沉靜後如今又再度成為足供歷史弔念的觀光景點。

　　然則許多細節卻從時間的縫隙掉了出去，曾來過的本省人、外省人、
溫州人、日本人、英軍俘虜均是無足輕重的草上風、無臉男女，比如第一
批來到金瓜石的 524 個英國俘虜中活著離開的僅存 89 人，其餘死魂多少，
竟不可考。除了少數記載外，皆如芒花和小草被時間和風雨搓揉掉了。這
些起落不能細索，僅能以詩感嘆。

病歷表

柯彥瑩

我記得你說過
永夜的夢總是會長出
好幾座雨林

一場追逐之後
我醒了，我搖醒室內
僅存的光

窗口暴雨
像一場貼身熱舞
別名：形而下的碰觸

我祈禱雨聲得以永恆
至少在高潮以前
情緒還必須是藍藍的顏色

一張紙就能輕易地概括我
隱藏版的才華，關於
一種純度極高的抑鬱

《創世紀》詩雜誌 182 期 2015 年 3 月 1 日

詩人自述

筆名余小光。彰化花壇人。1988。暨南大學中文系、中興大學臺文所。

曾獲精青文藝獎、水煙紗漣文學獎、好詩大家寫創作獎等。

臺中沿岸詩社社長。著有詩集《寫給珊的眼睛》（2011秀威出版）。

關於本詩

一場集體且共同的破病。情緒顛簸，在常規與病態中遊走。依稀記得誰（醫生？護士？）告誡的雙字片語，深藏在失眠的雨夜。或許，病歷表上書寫的我才是最真實的自己。

銀河

陳牧宏

暗夜裡
我浮起來
腫爛的青春
一整夜又一整夜
在癡人的夢中
腐壞刺鼻
越來越難耐

就無所謂了
那些爆炸
億萬光年之外
所有的意義總是
歷盡滄桑
最慢才到達
也什麼都沒有留下

還是這樣漂流吧
多麼漫無目的
無慮無憂
生命中全部
依舊一切完好
默默閃爍

能被看見

《創世紀》詩雜誌 182 期 2015 年 3 月 1 日

▍詩人自述

精神科醫師。

喜歡文字，古典音樂，當代藝術。

曾出版詩集《水手日誌》。

正準備出版詩集《安安靜靜》。

http://blog.roodo.com/vangough。

▍關於本詩

希望銀河系中每個生命體都默默閃爍一切完好。

在失憶的房間

朵思

在失憶的房間
尋找戰爭的溫度
月光太過暗沉
便在歷史的橋墩
在陽光的淨土
栽植失蹤的文字

愈來愈習慣潛浮體內安靜的禪意
傾聽一座山蒐集潮濕的意志
一滴水要走出水流束縛的決心

在失憶的房間
尋找記憶走出鐘擺滴答的記憶
以樂觀思維
用圖象解構鄉愁
抑制憂鬱在有限空間張帆航行

《自由時報》自由副刊 2015 年 3 月 11 日

詩人自述

　　獅子座，二十八年次，著有詩集八本，散文和小說等，總共出書十四本。

關於本詩

　　最近周遭朋友多有所失憶現象，本人亦不能倖免，其實在失憶的房間，亦可多所琢磨，捻得起很多走失或尋到的記憶。

三十夢

潘家欣

我靜靜地雕刻自己
敲去那些圓滑面
又用鋸子
分切植樹的夢境

那些錯生的雲
那些不值得握的手
我都握過
都失足過
捨不得斬除的芽口
終於淹沒了道路

我只得堅定
往腳下堆石頭
一天一顆
我是切實的烏鴉
茁壯的圖騰柱
向星空生長

讓我看看遠方的盟友
既然我不得飛
身邊也有人在起高樓

讓我們在風沙中相認
以初老的眼神
讓我們飲憂鬱如飲早晨的酪乳
飲血
讓我們的長髮暴漲
如乖戾的颱

我為了夢轉生
換形
不忍那些慘澹的地衣
他們忘記了自己的夢
匍匐自甘於扁平

終有一日我也枯死
只是死前相信
自己更靠近了
一顆星星

《自由時報》自由副刊 2015 年 3 月 17 日

▌詩人自述

　　1984 年生，臺南人。藝術家詩人，左手寫詩右手畫畫剪紙，所以左手和右手都很忙，有時候會交錯打結。目前出版有個人詩集《妖獸》（逗點，2012）、散文詩集《失語獸》（逗點，2016）。總是貪心，夢想著把現實改造成公平、正義、愛與和平的美麗新世界，目前住臺南，持續追求夢想高速手刀奔跑中。

▌關於本詩

　　三十歲是高速蛻變的年歲，身邊的朋友紛紛脫掉了少年外貌，就像狐狸脫掉了冬毛。我們跨步走入夏季，知道之後還有秋，還有冬，走在林子裡，走出條小徑，而葉子與眾星一齊閃耀。

為戰爭尋名字
──這世界槍聲真多

魯蛟

我終於
從歷史的灰燼和現實中
找全了你的名字

胎名叫恐懼
乳名叫禍災
學名叫死亡
另有一個單名叫爆
偶爾偶爾也會有人
稱呼你一聲勝利
而你總是會回嗆他
我的真名是──毀滅

《聯合報》聯合副刊 2015 年 3 月 16 日

詩人自述

魯蛟，本名張騰蛟，1930 年生。曾任行政院新聞局主任祕書等職，參與「現代派」，並與友人創辦《桂冠》雜誌。創作以詩、散文為主，兼及小說，散文多篇先後被選入兩岸三地十一種版本的國文教科書。著有詩集《海外詩鈔》，散文《鄉景》，小說《菩薩船上》等。

關於本詩

人類的災難多半來自戰爭，戰爭讓無數的生命消失，牠自己卻高興地活著。可是，戰爭不會自己站起來猙獰，怪就怪在那些挑起戰爭的大劊子手。

世界上有多少人寫批判戰爭的詩文，雖然沒有多大用處，不過，還是比不寫好。之前，我也發表了一首叫做〈戰火〉的小詩，只有十二個字：「是火／卻無法入灶／也不宜暖身。」

發光的字

席慕蓉

總有那麼一日
讓我能找到　一首
好像只是為了我而寫下的詩
讓心不再刺痛　讓自己
在瞬間　好像就已經完全明白

如蒼天之引領萬物
錯落的詩行由詩人全權散布
請看那夏夜的群星羅列
彼此相隨　在詩的軌道上
我們的世界如此緻密　如此深邃

總有那麼一日吧
那些發光的字　終於前來
為我　把生命的雜質濾淨
把匕首　挪開

《中國時報》人間副刊 2015 年 3 月 23 日

詩人自述

　　祖籍蒙古，生於四川，童年在香港度過，成長於臺灣。畢業於布魯塞爾皇家藝術學院，專攻油畫。曾任臺灣新竹師院教授多年，現為專業畫家。出版畫冊、詩集及散文集等多種，並為內蒙古大學名譽教授、內蒙古博物院特聘研究員、鄂倫春及鄂溫克族的榮譽公民。

關於本詩

　　留白。

我的宅男夜

蔡文騫

我有點喜歡我的宅
喜歡待在溢滿電子訊號的房間
感覺逐漸溫暖，濕潤，並且自在舒展
像桌上那碗剛剛沖的泡麵
我們放出滑鼠互相追蹤狩獵
「只要發出一封電子郵件，在六個人轉寄後
你可以找到地球上任一陌生人。」
而我尋找的不只是陌生人
我的臉就是我想寫的書
期待有人已經看穿昨日的表情
在噗浪水道上破字浪前進
等待一生也許有一次碰撞

熟練駕駛鍵盤
航行在霧面液晶的海上
垂降一顆閃爍燈號如假餌
期待被誤認或識破
對話裡角力拉鋸一整晚
終於戛然斷線
在主機板風扇的規律濤聲裡失眠
不斷翻身，看陽光緩慢漲起

看牆上被拉長變形的宅男身影
再次擱淺在每個越來越亮的早晨

《聯合報》聯合副刊 2015 年 3 月 24 日

▌ 詩人自述

　　1987 年生，高雄人，臺灣大學醫學系畢業，自稱十四歲開始寫詩，
2008 年開始於各大副刊發表詩作，新詩曾獲林榮三文學獎首獎、臺北
文學獎首獎、教育部文藝創作獎、國軍文藝金像獎、宗教文學獎敘事詩
獎等若干獎項，作品曾入選《2014 年臺灣現代詩選》、《臺灣七年級
散文金》典等。出版散文集：《午後的病房課》。

▌ 關於本詩

　　大學時期寫的詩，終於有勇氣修改、發表。
　　「宅」已經不是一個新名詞或新現象，有時候宅是心境，有時是一
種生存之道，或者「宅」也可以有些詩意。
　　所有的臉譜、對話、詩句以及它們承載的幽微情緒，都可被化約分
解為最單純的電子信號，在網路夜的海上，偶爾生起波濤。
　　相信總會有個熟悉或陌生的人，恰好被浪擊中，也恰好讀懂了。

2015 臺灣詩選 | 65

室內樂

陳家帶

冬天不出門
在屋子舉燈夜讀
安頓一下自己
外面的冷山凍水
交給遠天孤鳥去賞析

風在玄關賣關子
乍高還低　交談著
晦澀的暗黑音符
然後一舉穿透屏風
是月光驚奇演出

（沙發／地毯
稱職的協奏
瓶花／綠牆
無弦的和聲）

冬夜不出門
居家收攏心情
把平時蒐藏的春　夏　秋攤開來
展示成一卷卷扇畫
靜美未名

布穀鐘有點困惑
指針是否走得太快
飲水機咕嚕咕嚕
激起無盡的沸騰
烤箱準備好　讓佳肴出爐

（刀叉／杯盤
即興打擊樂
饕餮／酩酊
新腔都馬調）

冬天不出門
想像外頭馬路積雪盈尺
想像郵輪傾斜　機場封鎖
不免為迷途的怪夢
尋合意的解套

閣樓最聰明的那面鏡子說
只要一機在手
智慧點召音樂
就能攀爬臺北 101 那般
逐步登上快樂之巔

《聯合報》聯合副刊 2015 年 3 月 26 日

詩人自述

陳家帶,生於臺灣基隆。政大新聞系畢業。

現為社區大學講師,臺大新聞研究所兼任講師,慈心華德福學校藝文教師。

著有《聖稜線》、《人工夜鶯》、《城市的靈魂》、《雨落在全世界的屋頂》、《夜奔》等詩集。編有戴洪軒音樂文集《狂人之血》。

曾獲臺北文學獎成人組現代詩首獎、新聞編輯金鼎獎。

關於本詩

這是冬夜一個人困在室內的獨樂之樂。

室外有冷山凍水,室內正當展示春夏秋;
室外恐大雪封路,室內享受的是小確幸;
室外,想像著某人(或許舒伯特)踽踽獨行的身影,
室內,智慧手機準備點召「……」(或許冬之旅)。
於是音樂等同於快樂,
此時不樂復何如?

蕭山梧桐

顏艾琳

法式梧桐鐵鉤般的枝枒，
支撐著蕭山的天空。

法式梧桐嬰兒皮膚上，
長滿老人的鏽斑。

法式梧桐從車外延伸
延伸到我不適的病體。

這些法式梧桐
跟福州傳染給我的感冒，
已在蕭山種下，
種在我不斷寒顫的胃裡；
枝枒抓下一片蕭瑟、
老人畏寒的體質、
此時在胃裡，組成一枚病菌
將我抖成車內的梧桐。
只是，我無葉可落。

在蕭山，一路的梧桐
早已裸裎我春天的病容。

《中華日報》副刊 2015 年 3 月 29 日

詩人自述

　　艾琳，颱風名。生於臺南下營顏氏聚落。來臺北受教育後，一路遇到貴人師長，因此習得文學跟編輯技能。一個活得像魏晉時的嬉皮。玩過搖滾樂團、劇場、《薪火》詩刊、手創、公共藝術、農產傳播。極端天秤，狂狷古典。

關於本詩

　　2015 年 3 月去福州參加兩岸女詩人會議，一晚遇強烈寒流，感冒。卻答應蕭山的詩友蔣興剛、純真年代書店的朱錦繡大姊，要帶古月老師去蕭杭玩。到了蕭山興剛夫妻開車載我們到處玩。蕭山的梧桐、街景與我的感冒、胃寒忽然有了一種情感連結，乃有此詩。

貓筆記 (選二)

莫渝

變臉
愛漂亮的貓
顧影自悅

醒來已近中午
出門前，梳理整妝，要求體面
究竟到了哪些場所，做哪些事，忙些什麼
主人無心在意

入夜歸來的變臉貓
仍是受寵的單一絕品

入夜的貓
入夜的貓
在暗黑處，不動
沒人曉得其位子

墓室般盲黑
無從知曉貓有何動靜

動，定點的晶圓碧眸
　　掃視週邊
靜，無聲響的闃寂
　　與黑相融

統領黑世界的領導者
可能預知
「無」的存在本質

《笠》詩刊 306 期 2015 年 4 月 1 日

▎詩人自述

　　莫渝，本名林良雅，1948 年出生於苗栗縣竹南鎮中港溪畔，現居北臺灣大漢溪畔。淡江大學畢業。2005 年出版《莫渝詩文集》精裝五冊。2007 年後，著有詩集：《第一道曙光》、《革命軍》、《走入春雨》、《陽光與暗影》；臺語詩集《春天 百合》、《光之穹頂》等。
　　莫渝自我界定：現實主義人文關懷的臺灣詩人。

▎關於本詩

　　2013 年 7 月，完成〈給貓咪的十二行詩〉十三首。十三，非不吉祥，是循環或輪迴的起始，是復活新生的數字。隨後，又完成七首。事隔一年，續寫〈貓筆記〉五首。波德萊爾的〈貓〉是女子的象徵，莫渝的「貓」系列似有類似的投影。

短信

哲明

／並不全然就是時間
的意涵。記憶裡遠方的山海或者草原叢林一直
無端移動著
鳥獸產生某種必然的光影
當我擦拭其中，並非遺忘接近於消失只是
寂寞令我選擇如此

《聯合報》聯合副刊 2015 年 4 月 1 日

詩人自述

哲明，1980 年生，現居臺中，著有個人詩集《白色倉庫》、《時光誌》、《孤獨十二練習曲》，個人臉書：cjchejung@gmail.com。

曾獲全國優秀青年詩人獎、教育部文藝創作獎、夢花文學獎、浯島文學獎、港都文學獎、竹塹文學獎、國藝會文學類出版補助等，詩作見各副刊、詩刊及文學雜誌。

關於本詩

去年春天，獨自搭車南下至鵝鑾鼻看海，想要藉著它極端上的意義來分類，例如「過去」、「未來」，不過卻失敗了，某種定義來說，時間必然連貫而持續。持續的還有「創作」，《孤獨十二練習曲》顯然延續《時光誌》部分抒情而來，〈短信〉即為其中一首，寫於冬，自然有著冬的喻意與本質。

與抽象對話

張默

抽象，非象
它是一切，又否定一切
非紅，非綠，非黑，非白
它是孔洞，又恍若波濤
在一幅宣紙上
它燦然灑下
一匹

蠕動的，無言的　落寞

《中國時報》人間副刊 2015 年 4 月 2 日

詩人自述

張默,本名張德中,1931 年生,安徽無為人。1944 年 3 月來臺,已有六十六年,一生為詩,無怨無悔。著有詩集《愛詩》、《獨釣空濛》、《張默小詩帖》、《水汪汪的晚霞》、《水墨無為畫本》等十八種。詩評集《臺灣現代詩筆記》等六種。曾獲國內外多項新詩獎。

關於本詩

本詩為個人一幅水墨畫而作,純然是一時的意念,希望藉這首小詩,而使拙畫得以無限的延伸再延伸。

驚蟄

劉哲廷

他指向光，一個靜逸的地方
百足向杜鵑乞討華麗的夢
雷，醒了土壤
萬物魂體內那隻吃掉考古的孤獸
卻，緩緩沉睡。

《人間福報》副刊 2015 年 4 月 6 日

詩人自述

　　我們的樣子都是別人給的，從來不是自己。
　　價值是殺手，偏執是奢侈的；憤怒是影子，愛是偽裝善良的武器。

關於本詩

　　書寫此詩，時為太陽花學運滿一週年之際，有感於過去、當時與未來種種的模糊、清晰與期盼——於此，借「時令」表述「時事」（亦述情臺灣主體意識的普世價值）。

　　當然，這是我的說法；或許你能有自己的視野。

　　那必然是詩的良善與寬容。

症狀

張啟疆

年輕時我們激動談政治
邇來悷動聊症滯
翻雲覆雨的神氣,淪為
繁云複語的訕氣。任憑
高潮暍訪血壓
低落吹縐房水(註)

擰乾淚腺。眼界卻在老人斑
擱淺:高不成天際線,低不就髮際線;
　　　瘦不回攝護腺,瞄不準事業線。
　　　不敢想人魚線——
仁愚是神話國的蛟蟒
驕莽乃青春城之稜線
抵達妊娠紋最上游,就能
截彎取直生命線?

心機梗塞了
膽固純會超標
騃症和詩疹很難醫
意識流逆闖胃食道
腦中風聲宣誥:痛風傷風漏風餐風
懦不禁風馬上威風——

喔！威而剛剛好

年輕時我們纏黏於床笫
如今被回憶沾黏，糾纏瘀紫
傷口結結巴巴，關節猛發言
把假牙偷裝在口腔期，咀嚼
寂炙與極致
親吻斷掌，愛撫斷句：
五十肩扛千秋鼎？
百憂解讀一頁書
掌中那道萬里長城
是反咬時光的齒痕

註：位於眼球前房和後房，夾在角膜和晶狀體之間的透明液體。可提供無
血管組織營養，維持眼壓；大部分治療青光眼的藥物是經由控制房水來降
低眼壓。

《聯合報》聯合副刊 2015 年 4 月 10 日

詩人自述

　　1961 年生。臺灣大學商學系畢業。觸角遍及小說、散文、新詩、評
論領域。曾獲聯合報、中國時報等文學獎首獎近三十項。曾任中國青年
寫作協會副理事長、副刊主編、報社記者。現為專業作家，並開設文學
教室。著有《導盲者》、《消失的□□》、《變心》、《不完全比賽》、
《26》等小說、散文、評論集共二十餘部。

關於本詩

　　年華是悲歡色層？榮哀迴光？鏡中冒現第一根白髮——寂極流轉、
皚駭雪崩的線頭。揪出老人斑，引渡妊娠紋，接上佝僂背、異識流、鬱
怒疣結、曲張靜脈、纏錯歧亂掌紋……若能追蹤人魚線游進長壽眉，樂
享沉潛，模擬飛翔；天空笑顏，是你逆闖六欲七情雙黃線——人老珠黃？
信口雌黃？才得以親近的雪艷。你，喘一口氣，惚惚以為，氣吞天地。

自拍神器

周忍星

你把我舉高，再舉高
我就能成為一整片
迷你的
風景

你幫我凝住永恆
吸睛讚美
讓絡繹不絕的，洋洋得意
在你指揮棒下統統
乖乖入鏡

你跟我上山下海
穿越大街小巷，從不
喊一聲疲累，叫一句後悔

你是我無聲伴侶，最佳
默契，只有你懂得如何
夾住歡笑，分享雲端
擁有人生行旅中
獨一無二
伸縮自如的
奧祕。

《中國時報》人間副刊 2015 年 4 月 15 日

詩人自述

　　周忍星，本名周潤鑫，1966 年出生於臺灣屏東市，現居臺中市。臺北市立師範學院語文教育學系暑期進修部畢業。從 2013 年開始積極寫詩，詩作散見《創世紀》、《乾坤》、《海星》、《笠》、《華文現代詩》、《吹鼓吹詩論壇》等詩刊。曾經連續獲得三屆「震怡基金會」所舉辦的「吾愛吾家」徵詩佳作。尚未出版詩集，目前積極籌備中。

關於本詩

　　當 2014 年「自拍神器」大量產出，行銷世界各國時，全球不管膚色、種族、性別、年齡，人人都為之瘋狂，直到 2015 年開始，歐美各國的博物館、美術館等突然發現「神器」會造成其他觀賞者的不便或畫作藝品的損壞，因此「自拍神器」開始被禁止在那些公共場所使用。等我真正使用一段時間後，才發覺她的妙用神處；或許為時已晚，遂興起為她「翻案」紀念誌之念想，所完成的一首詩。

抽象

方群

抽
隨意，選一首詩
用晦澀塗抹
蔓延隨意紛擾的經文

象
如此具體
真實且龐大
什麼都可以掩藏的
包容

《聯合報》聯合副刊 2015 年 4 月 16 日

詩人自述

1966 年生，臺灣師範大學國文研究所博士，現任臺北教育大學語文與創作學系教授，《臺灣詩學學刊》主編，創作曾獲：吳濁流文學獎、臺灣省文學獎、聯合報文學獎、中央日報文學獎、時報文學獎等重要獎項，並入選各種選集。著有詩集：《進化原理》、《文明併發症》、《航行，在詩的海域》、《縱橫福爾摩沙》、《經與緯的夢想》。

關於本詩

〈抽象〉為個人於 2015 年所進行的系列創作實驗，並將於 2016 年結集出版。

在這片土地上，中國文字選擇以方塊結體的形式逐步演化，然後組字成詞、構詞成句、聯句成篇，每個獨立的字體各有其可解或不可解的源由，而字與字相遇後的轉異變化，以及後繼者的揣摩用心，也讓語文的樣態更加璀璨繽紛。

抽是抽，象是象，抽與象也許就不只是「抽象」而已了！

人物詩

傅詩予

之一　憂鬱的知更鳥
時間蔓生的每一個夜裡
寂寞的重量宛如瓦上霜雪
那隻知更鳥盯著自己的影子
睫毛動也不動
像無法對焦的照相機

溫度計裡的血清素已經零度以下
她服下幾顆百憂解
覺得自己就是一朵香菇
在走味的日子裡
重複聆聽森林裡風的對白

直到睡意火般燒開來
她撐起虛胖的身體
反鎖自己於香郁的花叢間
讓皮膚長滿苔蘚

之二　獨臂的女郎
她用單臂攜著生命的花籃
彷彿可以單挑這個世界

她知道如果不繼續抵抗
影子就會永遠消失

我急忙上前接住她端來的咖啡
無奈同情和羞愧
多少次差點變成泡沫
我以等待玉蘭花開的心情仰望她

像是一則寓言
濃淡遠近的暗喻
逆飛出一隻羅盤
地平線凸起
她變成持著楊柳枝的使者
我以等待蝴蝶飛近的心情等著她

《人間福報》副刊 2015 年 5 月 6 日

▌ 詩人自述

　　傅詩予原名秀瑛，1961 年生，畢業於臺灣師範大學，現定居加拿大。作品見於海內外各報刊雜誌。曾獲僑聯總會華文著述詩歌類首獎、夢花文學新詩優選、菊島文學新詩佳作、臺灣文學館愛詩網佳作。已出版詩集《尋找記憶》（秀威）、《與你散步落花林中》（釀出版）、《藏花閣》（釀出版）、《詩雕節慶》（苗栗縣政府）及散文《雪都鱗爪》（文史哲）。

▌ 關於本詩

　　〈憂鬱的知更鳥〉描寫憂鬱症患者；〈獨臂的女郎〉則描寫一位不屈服於惡運的女性。二種人物呈現出對生命態度的極端對比，一則令人憂，一則令人喜；一則脆弱，一則堅毅；一則陰暗，一則光明。憂鬱症乃世紀之疾，突襲許多生靈，但若是有這位獨臂女郎的意志，或許會無藥而癒吧？！二首詩均基於人道關懷，心之所至，以詩誌之。

安農溪兩岸

林煥彰

那裡，有我們
曾經漫步的兩岸，兩岸
不遠不近；遠的，
就在眼前
近的，就在我們腳尖

我們，一步一步慢慢走著
就是散步；散步接近正午的冬陽，
那裡，有段足夠我們賞心悅目的
烏桕、苦楝、大葉欖仁
九芎、鳥榕
茂密蔥蘢，間雜著外來種
一樣茂盛的阿勃勒，金急雨
也有高大挺拔的黑板樹……

我們，在樹蔭冬陽吻身之下
漫步，漫步走過的
親過的土地，更親；我們
輕輕的漫步，細細
回味，細說從前，從前的小時候
長大之後的從前，也說說我們
眼前當下

當下兩岸風光，芒花雪白
休耕水田，農宿倒影
雀鳥紛飛，跳躍；飛上飛下
烏鶖，白頭翁，綠繡眼，
夜鷺、白鷺，低低飛過水面
還給我們一條河，一條乾淨的河

一條乾淨的河，在我們心上
我們也會
還給子孫，在子孫心中，
清澈流淌，
日夜流淌……

附註：安農溪位在宜蘭縣三星鄉境內，為蘭陽溪水系羅東溪支流之一。原
稱電火溪，因在蘭陽溪上游截流引水入圓山發電廠，做為水力發電的水
源，也由於豐沛水源，提供三星鄉及下游鄉鎮農業灌溉所需，被視為三星
鄉的「生命之河」。1982 年，臺灣省政府主席林洋港視察時，有鑑於此，
足於安定農民生活，故將其改名為安農溪。

《自由時報》自由副刊 2015 年 5 月 19 日

詩人自述

　　林煥彰，1939年生，臺灣宜蘭人。寫詩畫畫，並從事兒童文學創作、講學和閱讀推廣。著作出版已逾百種。部分作品譯成十餘種外文，並出版八種外文單行本。童詩及小品文有三十餘首（篇）編入新加坡、中國、臺灣、香港、澳門中小學《語文》課文、教材、大學學測考題、教科書等。曾獲中山文藝獎，洪建全、陳伯吹、冰心、宋慶齡兒童文學獎，中華兒童叢書金書獎、澳洲建國二百週年紀念現代詩獎章等二十餘種獎項。

關於本詩

　　過度開發，環境汙染，處處看了讓人傷心難過！

　　臺灣，我們自稱為福爾摩莎，但不知真正有多少人會珍惜她！我只是一個平凡的人，說出我心中的痛。偶而能走在一個舒適的河岸上，舉目看到可親可愛的鄉村景象，彷彿回到了從前，就有一分幸福感，希望和大家分享。當然也更希望，能喚醒大家，多多珍惜我們臺灣這塊寶地。

五漁村旅人
——仙人掌

廖亮羽

始終是用刺
在兩個名字之間透現愛
種種遺跡。磨著那天放進手裡
日夜滋長的仙人掌尖針
雕琢過也見證過的婚戒
疲於長路後漸行漸遠那人

——義大利蔚藍海岸（Riviera）五漁村（Cinque Terre）

《聯合報》聯合副刊 2015 年 5 月 22 日

▌詩人自述

廖亮羽，花蓮人，華梵大學哲學研究所，風球詩社社長，風球出版社發行人。全國大學巡迴詩展策展人、全國高中巡迴詩展策展人、《台灣七年級新詩金典》主編。

出版詩集：《Dear L，我定然無法再是一隻被迫離開，又因你而折返的魚》、《羽林》、《魔法詩精靈族》。

獲獎：2011 優秀青年詩人獎、2013 花蓮優秀青年獎、2013 真理大學傑出校友獎。

▌關於本詩

這首詩來自義大利的一場旅行，在義大利蔚藍海岸的五漁村有一條愛情小徑，路上有許多情侶、夫妻為愛情或婚姻遺留下浪漫的塗鴉與刻痕，連山壁上的仙人掌葉面上都留有熱戀男女以刀刻下的愛的誓言，走入婚姻的愛情既赤熱又像針刺扎進雙方的人生裡，如果並非真愛，漫長的婚姻互相傾軋將彷彿一株仙人掌種在彼此的心裡，慢慢滲血慢慢焦枯。

匿名世界

嚴忠政

曾經是我們移民的星球
那裡有神祕的重力、寫詩的魔獸
異形和史詩同樣磨礪胸肌
每個凌晨都是第五季；愛情是
不良的作息，但我們在曖昧時甜蜜
我們願意用鍵盤整型
喝完橘子汽水再救出大兵
匿名呵，匿名的世界
防火牆的裡面有最華麗的自由
自由到想占領所有時間，自由到
一個人有太多匿名
後來，後來他是一隻
說好要對我溫馴的妖怪
我無防備，而他像幽靈造句
每一個字都是地獄
我很痛，而刀鋒沒有血
人言如此可畏
網路有亂草和隱藏的犄角
他們向我攻擊
不用牙齒也能咬傷路肩
何況我無可描述的脆弱
投降了。這樣好嗎

為了造林，一顆種子學會裸睡
而我們學會修復受傷的樹皮
原來，我喜歡他博學
喜歡壯碩的記憶體像二進位那樣自律

《聯合報》聯合副刊 2015 年 5 月 28 日

詩人自述

　　嚴忠政，逢甲大學文學博士，曾任大學駐校作家、高中特約作家，南華大學職涯顧問、廣告企劃業經理。現為「第二天文創有限公司」執行長（負責專利教具研發）、逢甲大學兼任助理教授。曾獲聯合報文學獎、時報文學獎、臺北文學獎，著有《玫瑰的破綻》、《前往故事的途中》、《黑鍵拍岸》等。

關於本詩

　　網路霸凌在美加歸類為「Hate Crime（仇恨犯罪）」，沒有誰願意成為被攻擊的對象，即便我們都是陌生人，但我們都曾經愛過，深刻過，「那裡」更曾經是我們敲擊愛情與夜伏打怪的地方，希望相對於嚴謹的二進位，我們也可以維持自律。

山寺走走

離畢華

繞著自己的心走一圈
合十的掌心捧著飄搖的
最後一個呼和吸

梵唄從腳底響起
由膝蓋發聲
肝膽脾胃俱皆震動

雙目晶亮著無明
日月俱沉。引磬
割捨三千丈墨青色煩惱
還我枯骨的雪白

《吹鼓吹詩論壇》21 期 2015 年 6 月 1 日

詩人自述

藝術學碩士。曾獲第二十一屆時報文學獎新詩首獎,第一屆臺灣文史營新詩競賽第一名及第三名,玉山文學獎小說、梁實秋散文獎、臺北文學獎新詩佳作。《十三暝的月最美》入圍九歌兩百萬小說(網路票選第一名/首獎從缺)。2012「好詩大家寫(現代詩組)」貳獎。

詩作選入《1991~1999年世界華文新詩總鑑》、《九十年度詩選》、《2003年臺灣詩選》。

著有詩集《縱浪去吧》、《迷人》、《山中曆日》、《字花遠境》。小說《道生法師——頑石點頭》、《花間總問鳥聲否》、《十三暝的月最美》,《簪花男子——離畢華詩·文·畫集》。散文油畫集《心裡的光,亮著》。

關於本詩

對「覺察」進行解剖式的探究。

藉生理性揭露肉身之危脆,言明無常時刻眈視,唯有把定初心、堅持生命原貌和理則,才能終即始即終的圓滿「人」的俱全。

作者結合無形思想與實體器官,如「雙目晶亮著無明」,雙眼如日月,喻「明」,唯揭示的真義卻是「無明」,顯見煉字之精。又「割捨三千丈墨青色煩惱/還我枯骨的雪白」預示終究義的真空妙有。

默劇：顧城

劉道一

從黑中來，到黑中去
他路過光的屋子

光中有一把椅子
他走過，坐下，然後離開

黑中有一架梯子
他搬來，搬去，無處安放

光中有一扇窗子
他打開，眺望，淚流滿面

在光中歌，在光中死
他是黑的孩子

《聯合報》聯合副刊 2015 年 6 月 1 日

詩人自述

1982 年生，北京師範大學理論經濟學博士，畢業後入中國社會科學院，任助研究員。1994 年開始新詩創作，1999 年自編詩集《感恩至死》。2013 年起在《衛生紙》發表作品，其後詩作陸續發表於《聯合報》聯合副刊與《中國時報》人間副刊。2015 年 7 月，第一部繁體詩集《碧娜花園》作為爾雅出版社「四十周年紀念書」之一種出版。

關於本詩

暴風雨的寓言。

激流島嶼流亡劇場，透明的猶疑，鷗鳥叼銜精靈舞者，是 Martha Graham，還是 Marcel Marceau？不，是青虹，是水銀，是日暈，是「滴的裡滴」：「影子說：你和別人在黑暗裡吹笛子」。於是，祕聞瘋長，譖佞淹蝕重飭一叢叢芭蕉、檸檬、柳丁樹，冥屬的憩園；分解、乾裂的動作，為這個驚惶年代的妄斷與求全，作戚弱易碎，詩的求證。

為豹造像：悼老友辛鬱

碧果

你乃化 魚，頂浪游走的
你乃化 鵬，展翅沖天而去的
知否！
含淚追在身後的
是你以血肉餵養的
那匹靈獸之 豹。在追你

知否！
你曾以巨大的自我支配繆斯的自己
在此時刻我以流體的吸盤 再也
無力抓住六十寒暑相交的烈火

知否！
不被驚嚇的存在是你的存在
你也早已由自我中嘔吐出自我。

知否！
你面對之面對絕無缺無
巧妙的乃由暗沉的缺無中
迎面由遠而近狂奔而來的
是一匹兩眼噴火滴淚
的
巨豹。

《人間福報》副刊 2015 年 6 月 5 日

▍詩人自述

　　曾任創世紀編委、社長、顧問等職，著有詩集十餘冊。現仍為華文漢語詩努力創作不輟，餘時看看雲和螞蟻。

▍關於本詩

　　這首詩乃是寫出對老友辛鬱兄逝世之哀悼與不捨，並表述相知相識六十年歲月的至友情誼。

相攜前行

詹澈

在一條一直繞著公園走的路上
經過白千層與油桐樹，七里香與萬里情
陽光，是被影子拉出來的
影子是被陽光擠出來的，又要走出去似的
在一條一直繞著圓的路上

我已從地球的公轉，陽性的
慢慢走到地球的自轉，陰性的
走出家門已經很遠的路上，幾乎忘了
童年經過的鳳凰木，青年轉過的麵包樹
中年在此停頓，因為遇見

一個老母扶攜著白髮蒼蒼的兒子
未老先衰智障似的兒子，斜著肩膀
突然鼻酸想起白髮人送黑髮人那一幕
我母親用掃帚敲打我青年的大哥的棺木
目送棺木被抬出村莊的巷口……

彷彿已老的夜色送走未老的曙色
或是已老的曙色偎著未老的夜色
她兒子的白髮多過她的白髮，彼此廝磨著
一層白雲覆蓋過來，推揉他倆的影子

沒有重量的光陰在他倆的白雲裡鑲金

一個已老的世代牽著一個先老的世代
有時歷史就是這樣參差著，相攜而去，或迴旋而來
當我遇見，一個地母牽著一個天使
三人同時微笑，天地人，人間的邊緣
一回頭，他們母子已繞向夕日後面

《聯合報》聯合副刊 2015 年 6 月 8 日

▌詩人自述

　　詹澈，字朝立，生於彰化縣溪洲鄉西畔村，曾為 1979 年黨外雜誌《春風》發行人，《夏潮》編輯。《根》、《春風》、《詩潮》詩刊編輯。為農權運動發起人，參與多次社會運動，2002 年「與農共生」十二萬農漁民大遊行總指揮，2006 年百萬人民反貪腐運動紅衫軍副總指揮。曾任臺灣藝文作家協會理事長、時代評論雜誌總編輯、上海華東師大區域發展與兩岸關係研究所特約研究員。著有詩集《土地請站起來說話》、《手的歷史》、《海岸燈火》、《西瓜寮詩輯》、《小蘭嶼和小藍鯨》、《海浪和河流的隊伍》、《綠島外獄書》、《餘燼再生》、《詹澈詩選》、《下棋與下田》等十種，散文《海哭的聲音》，紀實報導《天黑黑麥落雨》、《田殤》等。曾獲第二屆洪建全兒童詩獎、第五屆陳秀喜詩獎、1997 年臺灣現代詩獎。

▌關於本詩

　　2013 年初我幾經考慮接任行政院雲嘉南區辦公室副執行長職務，這是政務官，會隨政權更替而去職，也是我第一次擔任公職，是臺灣最主要農業區，能做些事，增加人生閱歷。忙裡偷閒常去嘉義公園散步，常駐足看政治受難者陳澄波畫的嘉義公園的印象畫，也常在附近看到一對母子相攜而行，有感寫下此詩。這詩形式承續我自 2012 年試寫五五詩體的結構，即在五段各五行中能相應陰陽五行的規律，在起承轉合間有變或易，語言也是盡量以適合朗誦與閱讀的口語敘述，間插自己邁入中年後對時間與生命的感懷。

傘之外

丁文智

雨不大
傘也不大
兩顆跳動的心
在把持不住的情景下
爭先恐後的想
不如一齊向外跳
不管雨了
不管傘了
眾目睽睽下
四隻藤似的手臂
只管緊緊地
緊緊地
纏
儘管不識趣的雨
在故意傾盆
而 兩顆靈魂
泡在甜蜜的夢中
卻
完全不想醒

《聯合報》聯合副刊 2015 年 6 月 11 日

詩人自述

丁文智，山東人，1930 年生，省立青島臨時師範畢。著有長、短篇小說十餘部，詩集《重臨》等五種。早年曾加盟紀弦的「現代派」，現為創世紀詩社同仁。

關於本詩

本作純屬抒情，沒有什麼不可解，讀完詩，即明白創作之意。

深夜獨自看古瓷器

渡也

深夜獨自看古瓷器
聽到瓷器體內深處火的咆哮
黏土的哀嚎

看到黏土忍受
深悲巨痛
三魂七魄全都飛散

在高溫中
黏土可曾夢見早年的住家
池塘邊
田裡
山上

土火化後
終於投胎為
華麗的瓷器

深夜獨自問古瓷器
　　倘若有來生
　　你還要再投胎
　　再投胎為土嗎？

《中國時報》人間副刊 2015 年 6 月 25 日

▌詩人自述

　　本名陳啓佑，文化大學中國文學博士。曾任國立彰化師大國文系、所專任教授，已於九十五年退休。現為國立中興大學中文系、所兼任教授，及「臺灣詩學季刊」社社務委員、南投縣政府文化局諮詢委員。曾兩度獲教育部青年研究著作發明獎，六度獲國科會論文獎助。著有學位論文《遼代之文學背景及其作品》、《唐代山水小品文研究》，及古典文學、現代文學論文集《分析文學》、《花落又關情》、《普遍的象徵》、《渡也論新詩》、《新詩形式設計的美學》、《新詩補給站》、《新詩新探索》等。此外，尚著有新詩集《手套與愛》、《我是一件行李》、《澎湖的夢都張開翅膀》、《諸羅記》等及散文集《歷山手記》、兒童詩集《陽光的眼睛》等創作集二十多種。

▌關於本詩

　　我收藏、買賣古文物三十餘載，端詳、摩挲古文物輒頗多感想、心得。此詩即一點心得。瓷器自黏土攪拌，捏製成型，高溫燒，上釉，成器，以喻人類自未受教化，學習，成長，成材之過程。最後拋出「大哉問」：經歷烈火考驗的瓷器，接受嚴厲教誨的人類，午夜夢回，來生不知是否仍願再投胎為土、為人？

在大澳

林禹瑄

整座村莊的睡意晾在山頭
在大澳，溫柔的人
背對世界，在陰影裡
做放肆的夢
彷彿我跟隨海浪，踏上石階
站直自己
在午夜的街燈中央
成為唯一的人

在大澳，所有廢棄的屋樑上
都有盛開的花
所有不上鎖的門窗
都半掩一座安靜的海洋
我繫緊鬆脫的鞋，踏上石板
發出各種堅實的聲響
如同每一種理想的人生
彼此堆疊、鋪排
走過所有階梯，上上下下
回到原地，感到有所經歷

在大澳，夏日午夜
整座村莊背對世界

在陰影裡做夢
夢裡所有石階都那麼溫暖
數著日子和浪頭
安靜得像要著火

《野薑花詩刊》13 期 2015 年 6 月 30 日

▌詩人自述

　　1989 年生，臺灣大學畢業。有詩集《夜光拼圖》、《那些我們名之
為島的》。詩作曾入選《台灣七年級新詩金典》、《現代女詩人選集》等。

▌關於本詩

　　大澳是馬祖南竿牛角村的一條小街道，背山面海，靜謐而深邃。幾
個日夜我在那裡停留、路過，仿若天涯海角。

在葉慈故居

楊小濱

在葉慈故居

　　　　　我一轉身才見你。
滿目鮮花報販，帶來上世紀不測。
咖啡客，輕佻則輕佻矣，我只當沒聽見調情，
在一顆玫瑰糖中嚼出煙灰之春。

　　　　　陽光打開名字
更鮮，在鏡子裡作壁虎爬。
等看到室內風景，幕已扯下。
桌子矮，沙發苦，電視機蒙羞。

　　　　　窗戶曬乾
一句濕冷格言。再轉一次，
真的刺痛眺望童年。
我單腿勾住旋轉扶手，滑下倫敦。

《乾坤》詩刊 75 期 2015 年 7 月 1 日

詩人自述

　　耶魯大學博士，現任中央研究院文哲所研究員，政治大學臺文所教授。著有詩集《穿越陽光地帶》、《景色與情節》、《為女太陽乾杯》、《塗抹與蹤跡：後攝影主義》、《楊小濱詩X3》（《女世界》、《多談點主義》、《指南錄·自修課》）、《到海巢去》，論著《否定的美學》、《中國後現代》、《感性的形式》、《欲望與絕爽》等。曾主編《現代詩》、《現在詩》。

關於本詩

　　在葉慈故居，看到自己的舊時光。

樹

陳寧貴

樹，到了秋天
從葉子開始，思想
虛無，逐漸掉落
食慾。而我已到了
秋天，視覺聽覺頭髮牙齒
都是我身上的
敵意。我已無力憤怒
只能靜心傾聽，等待
它們掉落的最後一聲
驚呼

《乾坤》詩刊 75 期 2015 年 7 月 1 日

詩人自述

陳寧貴，臺灣屏東人，1954 年生。國防管理學院畢業，曾進入出版公司及雜誌社工作，擔任過社長、總編輯等職。陳寧貴使用華語與客語創作。著有詩集《商怨》暨散文集《天涯與故鄉》等十餘冊。作品曾入選現代文學大系、年度詩選、年度散文選。曾獲教育部詩獎、優秀青年詩人獎、聯合報散文獎等。

關於本詩

也許感受到自己年歲入秋了，經常會不知不覺吟唱起杜甫的〈登高〉詩句：「無邊落木蕭蕭下，不盡長江滾滾來，萬里悲秋常作客，艱難苦恨繁霜鬢。」想起年輕時讀到韓愈說：「吾年未四十，而視茫茫，而髮蒼蒼，而齒牙動搖。」當時一笑置之，以為文豪自我揶揄之語，如今卻都到眼前來。

母親在哪裡

鄧獻誌

我的心情抵達現場
你已經飛起來
留下一道錯愕的拋物線
莫非為了眺望
離家出走的母親

我載著一絲希望
你坐在事主與我之間
冥想昔日的街道
曾經驗收你
不幸的童年

大夫婉然拒絕
越界診斷
初別的小小靈魂
猶在沿街尋找
模糊的母親

附記：
1992 年，在臺北縣中和市遇到這起車禍，我吆喝車主速速抱起小女孩坐
上我的摩托車，邊問路人邊找醫院，被一家私立醫院拒絕後，隨即跨橋直

奔三軍總醫院，切結往生在案。回到現場，她的叔叔述及她家種種不幸，令人心酸。在她出事同時，她的父親在工地的鷹架上摔下來，難道意圖穿過第六感，抱住飛起來的女兒？

《中國時報》人間副刊 2015 年 7 月 6 日

▍ 詩人自述

國立師範大學美術系畢業，紐約大學（NYU）藝術與藝術教育碩士。曾獲 1999 年第二屆文建會臺灣省文學獎新詩組優選。

▍ 關於本詩

撞飛罕見。飛得越高看得越遠，看得越遠就越能看見母親，是一種合理的想法。它牽掛著不知何故，離家出走的母親。

母親的存在，多少關係著小女孩的安危。奈何回歸現場，通過空間的各種面向，搜索小小靈魂最初的生命紋理，母親的印象想像越來越陌生。

安裝幸福

林姿伶

藏念　封印的光譜扛不起時間
棲居已久的桃花，決定委身
安裝愛　與春天一起住

找出九萬組如風驚嘆的深藍，打開它
刪掉回憶的魔術光影
關閉像川端康成那種絕美的苦澀

防衛群聚的善妒如禿鷹傾巢而出
移除被黑巧克力包裹過的缺憾
淨空五百年來騰雲的心事
以低溫殺菌洄漩灌入幸福潮音
借來三年豪雨，洗滌無邊憂慮草原

不許寂寞像灑水器定時冒出水花
讓躁鬱懂得張鰓游離
確定萬里長的恨徹底掃毒後
登入平靜與寬恕就可啟動幸福
響亮的天空響出一枚姹紫嫣紅的
飛吻

《中華日報》副刊 2015 年 7 月 7 日

詩人自述

學校科任老師。曾獲臺灣文學館好詩大家寫首獎、臺南文學獎、桃城文學獎、六堆大路關文學獎、聯合報一字詩優勝獎、e世代文學報新詩優勝獎、聯合文學現代詩優勝獎、太平洋國際詩歌節入圍。著作七本書：詩集和作文書，下本詩集年底將被英譯於海外發行。詩作常見港、臺、大陸各國詩刊和報章。

關於本詩

幸福不是鳥，自己飛不來。常駐於心的只有一種確鑿無疑的幸福，由自己親自安裝；寬恕與平靜，或許可讓受「恨」病毒感染的機會降到最低，當「愛」大於生命的寬度與「恨」大於生命的長度兩者相比，何者幸福？相信每人心中都會有答案。

臺灣的樹（選二）

楊子澗

木麻黃

他們不適於妝扮庭園，沒有可供
雕鏤的身軀，沒有澄透寫意的
葉，也沒有浪漫抒情的花蕊。

粗鄙的枝椏只用來生火
暗沉的針葉只剩俗氣，黝黑的
種子，打轉了童年貧瘠的陀螺

最後，連雪花般鹽化的土地
也不被海風容許
驚見一具具撕裂腰斬的殘骸

雀榕

最後一隻麻雀
暴屍在狼藉的坑洞中

沒有人能確定他的年歲，記憶中
有逃家的童年躲在他額前遐思
有靦腆的青春在他身側探索

有無數的幼鳥在他髮叢間學飛
有無數的榕籽散落天地
鬚，一年比一年更貼近大地的心

直到——馬路一寸寸逼進
販厝一波波湧來

《聯合報》聯合副刊 2015 年 7 月 7 日

▌ 詩人自述

國立高雄師範大學國文系畢業，國立高中教師退休。著有詩集《劍塵詩鈔》一卷、《秋興》二冊，及雜文集《倒帶》。曾得國軍文藝金像獎二次、嘉雲南文學獎及教育部散文獎、全國優秀青年詩人獎。

▌ 關於本詩

臺灣的樹是一系列五首的詩，以本土原生的樹記錄童年的貧乏和臺灣社會的變遷，有回憶有自傷，也是對社會變遷的無奈。

重臨柳川

路寒袖

那時
總有似遠又近的弦歌
繫在出遊的暖風，它那
細瘦又柔和的嫩頸
款款的臨近水濱
展示一種時代的身姿

那時啊
我也有一種身姿，狂傲的
找不到綁住它的校規
常常從高中翻牆而出

背著沉甸的書包踽踽ㄔ亍
然後，被綠色的絲巾勾了魂
出神的佇足岸邊
站成一棵招風的柳樹

每一片柳葉都彎下腰來
垂探著最敏感的筆尖
沾濡繁複多層的水紋
為書寫一首叛逆的青春之歌
而在風中迴身沉吟

《聯合報》聯合副刊 2015 年 7 月 9 日

▌詩人自述

本名王志誠，除於媒體服務二十年之外，並曾任高雄市文化局長，現任臺中市文化局長。著有詩集《春天的花蕊》、《我的父親是火車司機》、《那些塵埃落下的地方》等，攝影詩文集《忘了，曾經去流浪》、《走在，台灣的路上》等，散文集《憂鬱三千公尺》、《歌聲戀情》，以及繪本書、報導文學多部。曾獲金曲獎、金鼎獎、賴和文學獎、臺中市文學貢獻獎等。

▌關於本詩

2015 年為配合臺中文學館先行開放戶外空間——文學公園，我特地敦請資深媒體人余如季舉辦攝影展，他欣然答應，也同意以文學館旁的柳川為主題，但有一個條件，就是我必須為其展覽創作新詩，本詩乃因此而生。詩寫我高中時期的柳川經驗，摻雜著年少浪漫的情懷，以及文青的創作熱情與執著。

在凝凍的窗前

非馬

三個銳利的黑點
箭簇般
刺穿
白茫茫的冬天早晨

是三隻烏鴉
從空無一物的樹梢
魔影般掠起
停落在鄰居的屋頂上

冬眠醒來的眼睛
一眨不眨地凝視
這臨時搭建的舞台
想看春天這魔術師
如何用手抄起這幾粒黑點
輕輕一揚
便抖出
漫山遍野的
萬紫千紅

《聯合報》聯合副刊 2015 年 7 月 10 日

詩人自述

　　非馬，原名馬為義。威斯康辛大學核工博士，在美國從事能源及環境系統研究工作多年。曾任美國伊利諾州詩人協會會長。著有中英文詩集二十三種，包括最近在巴黎出版的漢法雙語詩集《你我之歌》及漢英法三語詩集《芝加哥小夜曲》。他的詩作被收入百多種選集及教科書（臺灣，大陸，英國及德國）並被譯成十多種文字。

關於本詩

　　芝加哥的冬天寒冷而漫長，憑窗眺望，滿眼是白皚皚的雪。這一天早晨在白茫茫中突然見到三個黑點從屋前的枯樹上彈起，迅速投向鄰居的屋頂。原來是三隻等得不耐煩提早前來報春的烏鴉。

樂園

鯨向海

那些持續在火中奔跑的
讓我們以淚水澆熄
會不會有一天跟你在擁抱裡巧遇
你的傷都癒合了
疤痕淺淺的
感動依然那麼深邃

會不會有一天跟你在鏡頭前巧遇
你不再夢魘了也不用忌諱了
你知道你已經太努力
無須再向任何人説對不起
也終於肯原諒了自己

會不會有一天跟你在音浪節奏裡巧遇
這次沒有尖叫的烈焰,遍野汗滴與涼泉
青春無敵的人們無憂無慮地
用力搖晃著整座盛夏
晚風中,諸神仍舊美好慈悲……

火光會沉入時間的沼澤
眼神濕濕的

會洗淨星空
親人，戀人與路人
命運的刻蝕畫
會各自垂懸
在所有最脆弱的願望裡……

我們會不會有一天
在真正的樂園
重新巧遇

《聯合報》聯合副刊 2015 年 7 月 10 日

▌詩人自述

鯨向海。

著有詩集《通緝犯》、《精神病院》、《大雄》、《犄角》、《A 夢》，
散文集《沿海岸線徵友》、《銀河系焊接工人》等。

▌關於本詩

有感於世間派對，雖經常模擬樂園樣貌，穿梭形色珍寶、華麗裝飾；
短暫狂歡之餘，生命的無情烈火，始終熊熊環伺，未嘗有一刻遠離，隨
時引來焚身之苦。

此詩寫於 2015 年夏夜，八仙樂園派對粉塵爆炸事故後。

「我們」

隱匿

這是悲傷送給我的
禮物

是透過一雙淚眼
所看見的
答案

所謂的永恆

不是自我的永恆
不是同樣的我
來到另一個世界
繼續生活

而是確實地活過
並且死去
永遠的

是每年春天
開放的野花
把同樣的香氣和繽紛
送給不同的我們

而我相信永恆
最好的一點是

世上不必有我
也不必有我所愛的

只要世上仍存在著
和我們
同樣的情感

我們
就是永恆的

因此
永恆不是我
永恆是「我們」

《自由時報》自由副刊 2015 年 7 月 12 日

▎詩人自述

寫詩的人，有河 book 貓奴。
詩集《自由肉體》、《怎麼可能》、《冤獄》、《足夠的理由》
玻璃詩集《沒有時間足夠遠》、《兩次的河》
散文《河貓》

▎關於本詩

這首詩是寫給一隻貓的，相信它也適用於一切真誠的情感。

失眠

李承恩

像靜物一樣不動，晨光
在前方左右徘徊，發出
鑰匙撥弄的聲音
眼睛反覆調整焦距
對準鏽蝕鐵窗上
的菌苔，直到銅花的紋路
鉅細靡遺之後，想起兩三事
遂聞到昨夜一隻壁虎
窗緣覓食的氣味，久久
像靜物一樣不動
與凌晨的寂靜擬態
獵物在前方徘徊
發出鑰匙撥弄的聲音

《中國時報》人間副刊 2015 年 7 月 16 日

詩人自述

　　1992 年生，臺北人，輔仁大學中文系。近期詩風嘗試如電影營造出完整有機，三度立體而可供環視的場景，注重幕景運鏡，光影氛圍，五官皆感，使詩中敘述者置身於一可想像的時空，透過即臨此在，感物刺激，來捕捉一種瞬間的氛圍與精神狀態。

關於本詩

　　失眠者經歷漫長似睡似醒的精神狀態，清晨緩緩來到，微弱的光線彷彿鑰匙準備解開漫長的黑夜，對著窗臺恍惚出神，遂想起昨夜觀察的兩三事，鐵窗的紋路，窗上潛伏覓食的壁虎，失眠者的精神狀態彷彿連綿不斷，無法獲得休息，又彷彿零碎片段，隨機在意識中發生，醒來後便無法再還原、拼湊。

你問起那盞燈

零雨

1
1895 1915 1930 1945
你問起那盞燈
那一盞老式的燈

橢圓形，奶油蛋糕的模樣
你提到過的——
那個古老的年代
依然在照亮你家的起居室

就在這裡
228 點上一根菸
拈起一份精緻的茶食
配著綠豆湯，鮮果汁
小夜曲

1978 扮演著周到的主人
明理的客人
並注意季節與姿勢的變換——
遞來一個靠枕
或打開冷氣

就在這裡
1987 解下你戒嚴的領結
談談那些花色，女子，餐盤
那些香料，衣裳，以及誰寫的
一句情話

如果還有精神
就談談那些不起眼的小個子
如何笑著逃離追捕的警網
據說是易容、變妝，或躲在了
那個妓女溫暖的胸脯裡

如果一定要談
就談談那些無關緊要的──

粗暴的笑聲，不節制的飲食
迂迴的語言策略
千瘡百孔的疲憊身體
就談談那些和正史無關的──
在這樣老式的燈下

2
在這樣老式的奶油燈下──
我們品嘗新鮮的奶油滋味
並論及其精微的細部

言語交鋒
如過往的戰爭

美學的利刃，不知誰
先亮了出來——

「我們的美學
已和他們大大不同……」

革命開始又暫息——

被審判過的美學——
又借屍還魂，藏匿
在這奶油之中

茶送到手裡——
廚房端出一盤一盤創意的糕點
把大家的嘴巴，一時堵住

語塞時，大家不禁驚疑
誰是製作這美好
點心的那個人

但還沒弄清楚他的名字
旋即革命又開始——

《自由時報》自由副刊 2015 年 7 月 28 日

詩人自述

　　零雨（1952），臺灣臺北人，臺灣大學中文系畢業，美國威斯康辛大學東亞語文研究所碩士，哈佛大學訪問學者。曾任《國文天地》副總編輯、《現代詩》主編，並為《現在詩》創社發起人之一。

　　以〈特技家族〉一詩，獲年度詩獎；以《田園／下午五點四十九分》中十首詩獲吳濁流文學獎。應邀參加鹿特丹國際詩歌節，香港國際詩歌之夜。現任教於宜蘭大學。

　　著有詩集：《城的連作》、《消失在地圖上的名字》、《特技家族》、《木冬詠歌集》、《關於故鄉的一些計算》、《我正前往你》、《田園／下午五點四十九分》等七種。詩選集：《我和我的火車和你》（中英對照）、《種在夏天的一棵樹》（中英對照）。翻譯詩集：《無形之眼》（中英對照，法國靈敏出版社，2015）。

關於本詩

　　留白。

神話
——我們國家的誕生

曾淑美

那時
星空是諸神的
床榻，閃電倒懸
震裂了晝與夜
神與神扭動
再扭動
在記憶的回聲裡
嬉戲扭動
直到美麗文明
從腋下誕生
海洋滑進溫暖島嶼

此刻
低垂目光飽含
遙遠星光搖曳的
朦朧注視：當你倒懸
像花束昏迷
當我扭動
再扭動
無明扭動
直到一整座海洋
尖叫哭泣

波濤淹沒我們
神一樣的身體

而歷史
歷史是你施行於我的
血色吻痕
那愛的印記
恍若暴力

《自由時報》自由副刊 2015 年 8 月 3 日

▌ 詩人自述

　　曾淑美，1962 年生，臺灣南投草屯人，輔仁大學哲學系畢業。1985年進入《人間》雜誌，擔任文字採訪及編輯。1989 年開始創意生涯，曾任臺北與北京跨國廣告公司執行創意總監。

　　1987 年出版詩集《墜入花叢的女子》。2012 年起以報導弱勢為職志，陸續出版前臺籍慰安婦專書《堅強的理由》、臺灣婚暴服務專書《波瀾與細流》、天主教福利會專書《活潑潑的愛》、高風險家庭專書《在世界倒塌前，接住孩子》。2014 年出版詩集《無愁君》。

▌ 關於本詩

　　請安靜傾聽。請發動想像力。讓詩來說明自己，好嗎？

不平之眼

岩上

右眼手術之後
我仍然失去左右平衡
左為陽
右為陰
難道我陽旺陰虛？

物之所視
為實象的變體
難道我已高到離現象世界？

如今
日日觀物
物物糢糊
如今

我終究明白
現實之非我，乃因
我自體的退化突變
物象糢糊
是否物的本體也不清
是否我從不平衡的角度
無法觀測物的本相

才知原來物象本然存有
自我模糊了觀點
物的不明
物我之間
是共生成的存在

這世界原本不平衡？
我的模糊
自視了自我的平靜

《自由時報》自由副刊 2015 年 8 月 5 日

詩人自述

　　岩上，1938 年生，本名嚴振興。逢甲大學畢業，1976 年創辦《詩脈》詩刊，；1994 主編《笠》詩刊。獲首屆吳濁流文學新詩獎、文協新詩創作獎、臺灣詩獎等多項文學獎，出版《岩上八行詩》、《另一面》、《變體螢火蟲》等十五本詩集與評論《詩的存在》、《詩的創發》、《詩的特性》、散文集《綠意》、兒童文學《走入童詩的世界》等二十幾本，現為臺灣兒童文學學會理事長並現專事寫作。

關於本詩

　　年近八十，人老眼花。右眼經眼科醫師檢查斷定黃斑病變，須開刀手術，經一番痛苦煎熬且半年複診時間浪費，不但沒恢復，視力僅剩 0.1。現實如此，如何為詩？詩之存有，或另有所指。自然界有明暗圓缺，高低冷熱；人間哪有永得平衡！以此本然觀事物，自了不平之心境。自身乃詩之生成所交感，模糊的視覺與變體形象，眼睛之為物，視不平為超以象外，而有詩焉。

2015 臺灣詩選 | 137

霸凌

焦桐

全世界都在霸凌
戰爭霸凌難民
鑽牙機霸凌口腔
摩托車霸凌人行道
鞭炮喇叭聲霸凌耳膜
黑心食品霸凌全家人的腸胃
每天好幾次考試霸凌學童的心智
菲律賓軍警霸凌臺灣漁民
家鄉的水井霸凌流亡者
刺繩碎玻璃霸凌圍牆
炮火飛彈霸凌天空
政客霸凌納稅人
皺紋霸凌紅顏
命運是握緊的拳頭
霸凌窮人的臉頰

宇宙萬物胡不霸凌
黑洞霸凌星球
沙塵暴霸凌天空
土石流霸凌風雨家園
碎裂的烏雲霸凌圓滿的月光

颱風霸凌親植的百合花
獵槍霸凌返鄉的候鳥
福壽螺霸凌水稻田
類固醇霸凌骨骼
化療霸凌白血球
帳單霸凌現實的存摺
眼淚霸凌著夢境的枕頭
日曆霸凌日子遠去的腳步聲
她的音容不斷霸凌遺忘的意志
臥房掛著那幅婚紗照日夜霸凌我雙眼

《自由時報》自由副刊 2015 年 8 月 10 日

▌ 詩人自述

　　曾習戲劇，編、導過舞臺劇於臺北公演，已出版著作包括詩《焦桐詩集：1980 ～ 1993》、《完全壯陽食譜》、《青春標本》，散文《在世界的邊緣》、《暴食江湖》、《味道福爾摩莎》，及童話、論述等等二十餘種，編有各種文選五十餘種。焦桐長期擔任文學傳播工作，現為任教於中央大學中文系副教授。

▌ 關於本詩

　　我正在進行一系列「絕望的戀歌」創作，由於絕大部分時間都從事飲食散文的建構，詩一直寫得斷斷續續，這是其中一首。

晚景

洛夫

老，是一種境界
無聲，無色，無些些雜質
天空的星光不再沸騰
不再知道
雲
何時會從胸中升起
那種不可言說的純粹
魚子醬與豆腐乳相擁而眠
罈子裡冒出的異味
宣告秋天即將結束
然後慢節奏的活著
蠕蠕爬行
蝸牛般以口涎書寫牆的蒼白
溪水清而無力
但很安靜，一種不錯的選擇
一到春天
便匆匆推著落葉與泡沫向遙遠的
那個童年
漂去

老，是一道門
將關而未閉

望進去，無人知曉有多深
有多黑
卡夫卡的傷口那麼黑？
無人知曉
我試著從門縫窺探
似乎看到自己的背影
在看不見的風中
一閃而逝

《聯合報》聯合副刊 2015 年 8 月 13 日

▋ 詩人自述

淡江大學畢業，任公務員三十年，寫詩、散文、評論七十年，不同版本之著作六十餘部，創辦《創世紀》詩刊，並任總編輯多年。獲國家文藝獎等多項。1996 年移居加拿大，晚年創作長詩《源木》，創立個人第二次創作高峰。

▋ 關於本詩

留白。

地中海上
——敘利亞難民船

陳育虹

他們光著身子
他們裹著頭巾
他們縮在鐵殼船的艙底
他們瘦小的腳伸出駝色毛毯
他們抱緊救生圈
他們黑白分明的大眼睛
只有黯沉，他們的世界一律黯沉

我看不清他們的臉
不知道他們的名字
他們是百分之一，萬分之一，百萬分之一
地中海陽光明媚
度假的蔚藍波浪裡他們的身子
輕飄飄（彷彿悠閒的）浮在海面
又往下沉，往下沉

《中國時報》人間副刊 2015 年 8 月 14 日

詩人自述

　　陳育虹。文藻外語學院畢。著有詩集《之間》、《魅》、《索隱》等，另有散文《2010日記》及譯作凱洛·安·達菲詩集《癡迷》、瑪格麗特·艾特伍詩選《吞火》。2011於日本思潮社出版日譯詩集《我告訴過你》。曾獲2004《臺灣詩選》年度詩獎、2007中國文藝協會文藝獎章；入選2008九歌臺灣文學菁英選《新詩30家》。2015應邀出任北京中國人民大學駐校詩人。

關於本詩

　　對於戰爭，對於戰爭造成的離散、掙扎、恐懼、死亡我們懂得多少？從各方媒體傳送出的文字與照片，我看到了一小部分……

　　地中海是美麗的。在歐亞非眾多文明古國的簇擁中，她顯得比其它海洋更深邃，有更多故事，水因此藍得更不可測。種種不該發生卻繼續發生在她懷抱、在二十一世紀我們眼下的這些悲劇，讓她的美變得沉重。

五十肩

桀川

春天來時
我的右手開始暖和
指間抽出新芽與鳥歌
我的左手卻留在嚴冬
被蝕骨的寒氣鎖住
每一次的醒覺都是痠痛

右手回頭拉起沮喪的左手
勸它努力地爬牆
沉默的牆嵌著半百歲月的滄桑
有時左手累了
乾脆坐視自己的疼痛
以及牆外午後的天空

於是
左手肩著上半生
右手肩著下半生
我在上下左右之間擺盪

《聯合報》聯合副刊 2015 年 8 月 14 日

詩人自述

琹川,本名洪嘉君,臺南市人。輔大中文系畢業,師大國文研究所結業,任教職。曾獲中國文藝創作獎章、吳濁流文學獎、全國優秀青年詩人獎等。著有《寂靜對話——琹川詩畫集》,新詩評論《詩在旅途中》,詩集《凝望時光》、《風之翼》、《琹川短詩選》、《在時間底蚌殼裡》、《飲風之蝶》、《琹川詩集》及散文、小說等十餘部。

關於本詩

行走了半百的人生,積累的風霜易傷夏枝。五十肩總是不知不覺而來,驚覺歲月流逝如夢——

於是身體銜接了日夜四季的遞轉,彷彿站在光陰交接處,伸向未來的右手正歡欣的構築春天,留在過去的左手於冰凍的醒覺中不免傷感。於是如影隨形,自在的下半生伴著滄桑的上半生,左手的冬拉住右手的春。

詩人之殤

劉金雄

看見水
就想起你
多年來
你一直沒有上岸
臉色蒼白些也可以理解

我總伸手入水
觸摸你的體溫
你額上的忠與癡仍高燒未退
飲水而
水依然混濁
想必你壯志仍未酬

無酒可飲時
我就飲一江夕暮
那金黃紅潤的夕照
可惜不是你的顏色

清風瘦骨如你
胃潰瘍如你
吐酸酸苦苦的胃汁如你

慘的是
你已成仙
我仍在為寫詩所苦
你說你犯了錯
那部又長又濕的離騷
我讀了多遍
仍然找不到你說的那個
錯

碰不得水啊
歷史的傷口
一碰水就發炎

《笠》詩刊 308 期 2015 年 8 月 15 日

詩人自述

　　劉金雄，1964 年生，設籍桃園市中壢區，是兩個調皮男孩的父親，目前服務於泰國沙木沙空省泰鼎電路板公司，元智大學管理研究所畢業。僥倖得過幾個文學獎項。2010 年出版過詩集《不能停止的浪漫》。2015 年出版詩集《回聲》。

關於本詩

　　屈原，端午，詩人，離騷，岸頭柳樹形如散髮，龍舟在湖面上招魂，所有關於屈原的種種歷史傳說與典故都讓這位愛國詩人的故事飄發出濃濃的淒美詩意。這首詩寫於 2015 端午節前夕，僅以此詩緬懷屈原也抒發自己對詩人的崇高理念表達敬意並自我砥礪。

火葬

陳克華

第一次看到父親的骨骼
睡在猶有餘溫的金屬床上
潔白而堪稱完整
一如醫學院的解剖課
我曾經仔細檢視

撫摸，背誦過的
那副。據說是位
孟加拉人
男性，高個子

我默記著標在骨頭上的拉丁文
肌肉附著和血管流過之處
那些突起的山陵和凹陷的谷地

那為了護衛臟器而形成的優美 弧度——
想像生命也曾在
這些地方生息繁衍

但如今他鬆開四散
乾燥而顯得易碎——地水火風
皆已離開

我站在父親的骨骼旁一如當年
站在解剖檯旁

強迫著自己
正眼看一眼

《聯合報》聯合副刊 2015 年 8 月 18 日

▌詩人自述

　　陳克華，出生於花蓮，臺北醫學院畢業，現為臺北榮總眼科主治醫師。中國時報文學獎多次，聯合報文學獎多次，「聯副新人月」新人，中國新詩協會「八十九年度傑出詩人獎」，臺北文學獎新詩組得獎人（作品：〈美麗深邃的亞細亞〉），教育部文藝創作獎等。出版多部作品，包括：《騎鯨少年》、《我撿到一顆頭顱》、《欠砍頭詩》、《善男子》等詩集；《愛人》、《給從前的愛》、《夢中稿》等散文。

▌關於本詩

　　火化父親遺體時看著靜靜平躺的他，也只有想像以前上課的情景，才能勉強自己強忍著悲傷，再正眼看看父親。

在風車的國度

洪淑苓

是風　吹動了你的髮
是風　吹動了你的絲巾
是風　吹動了你米白的衣角

跳舞吧
旋轉吧
在磨坊的底層
你是繫上圍裙的小姑娘
把麥粒倒進滾筒讓他們碰撞
然後輕輕篩著麵粉
像輕輕搖動夢的溫床

歌唱吧
朗誦吧
在風車古堡的閣樓上
你是戴著頭巾的小姑娘
把顏料倒進滾筒讓他們碰撞
再仔細裝進透明的玻璃管
排列成彩色的管風琴
紅　橙　黃　綠　藍　靛　紫
1　2　3　4　5　6　7

是風　吹動了你烏黑的髮
是風　吹動了你紫紅色系多彩的絲巾
是風　吹動了你米白雙釦方領風衣的衣角

你舞著你唱著你寫了一首詩
在風車的國度
在很久很久以前的童年

——記荷蘭「風車村」之旅。獻給風車的國度，也獻給童年時閱讀的故事，
那個賣牛奶的女孩和勇敢堵住堤防漏洞的小男孩。

《聯合報》聯合副刊 2015 年 8 月 19 日

▌詩人自述

　　洪淑苓，臺大中文所博士，現任臺大中文系教授。曾任臺大藝文中
心主任，主辦多屆臺大詩歌節及臺大文學獎。著有詩集《預約的幸福》、
《洪淑苓短詩選（中英對照）》，散文集《深情記事》、《扛一棵樹回
家》、《誰寵我，像十七歲的女生》等，學術專書《思想的裙角——台
灣現代女詩人的自我銘刻與時空書寫》、《現代詩新版圖》等。

▌關於本詩

　　一次旅行，吹動有關風車的記憶，也走進荷蘭這個遙遠的國度。才
知道風車底座是古堡，遂想像髮、衣、麥香、色彩……一起飛動。

童玩節

陳黎

把綠積木的三座山
搬疊重組成不同顏色的
綠積木的三座山
從午前到午後
同樣的位置
一個人的童玩節

一個人的益智遊戲
空間與時間間奏竊聽
人面桃花笑聲辨識
人生幾何代數練習

一生，代表很長（或很短）
一個人，代表很好（或很不好）
一個下午，代表每一個下午每
一個早晨每一個夜晚
一個童玩節，代表周年慶的
童心或痛心未泯的

玩什麼？時間這老玩家
教你把你這個童玩玩成頑童

《聯合報》聯合副刊 2015 年 8 月 24 日

▋ 詩人自述

　　陳黎，本名陳膺文，臺灣師大英語系畢業。著有詩集，散文集，音樂評介集凡二十餘種。譯有《辛波絲卡詩集》、《拉丁美洲現代詩選》等二十餘種。曾獲國家文藝獎，吳三連文藝獎，時報文學獎敘事詩首獎、新詩首獎，聯合報文學獎新詩首獎，臺灣文學獎新詩金典獎。2005 年獲選「臺灣當代十大詩人」。2012 年獲邀代表臺灣參加倫敦奧林匹克詩歌節。

▋ 關於本詩

　　留白。

瓷

蔡文哲

我是瓷
溫柔的語詞
不必然易碎
但好讀的詩
必須發生碰撞
讓聲音喚醒
反覆熟爛的字
賦予立體的意念
盛裝愛恨的繁史

《聯合報》聯合副刊 2015 年 8 月 25 日

▍詩人自述

　　蔡文哲，七年級生，文化大學中文系文藝創作組畢業。曾任吹鼓吹詩論壇大學詩園版總版主、國民詩版副版主。喜歡靜靜的讀詩、寫詩，如同靜靜摸索魔術的伎倆，暗自練習。曾獲基隆海洋文學獎、高雄捷運詩文獎、臺北文學獎、飲冰室茶集藝文獎、愛詩網好詩大家寫。2005年自費印刷詩集《句號之前》。作品散見各大報副刊、雜誌與詩刊。

▍關於本詩

　　中文裡某些字及其字音很有力量，希望呈現的是字與音在詩裡強大碰撞流動的張力。借用這首詩裡的語感，像《火影忍者》主角漩渦鳴人練高超忍術「螺旋丸」時，將查克拉盡力維持住那樣，讓意念先行，立體的詩作焉能成形。

電視機

莊仁傑

指尖你的尾椎
叫孩子們都站起來
走到故事的紙箱中間或靠或坐
直視方形的山
方形的交通爬滿
方形的城市被拓寬
方形的離開又回來
把世界地圖攤展但又平整地折進方形的口袋
指尖你敏感的電源遙控器
教孩子們保持距離同時培養渴望地
觀看
直到他們方形地成長為正九十度的寬腦袋
閃動方形的母親又被反覆倒帶
就像那個戒除不了的塗鴉習慣
我們會不會從此成為
偶像劇裡的女孩撐著一把透明規格的玻璃傘
當你用指尖
挑逗她無感的曲線與生硬的溝槽
每一個　方形的夜晚
我很擔心我們的故事也就這樣被關在
一種不斷被眼睛用力適應的

方形的
旁白
供人景仰同時嘲笑　模仿　訕罵　並且按時
指尖你毫無意義的等待
一個方形的，開關

《人間福報》副刊 2015 年 8 月 27 日

▎ 詩人自述

本名莊仁傑，著有《德尉日記》；
另名德尉，著有《病態》、《戀人標本》。

▎ 關於本詩

電視機：
日常文明產物，制式規格，方形，硬件，意識形態，傳媒資訊，社
會價值觀，慣性，輸入輸出，體制，限制，強制，控制。

人類的自由最終徒剩：
恐懼。（或許也還是方形的）

賽局理論

張錯

偃鼠飲水未及半腹
在池中溺斃，無獨有偶
綠繡眼無故倒斃庭院；
把僵硬偃鼠撈起
毛髮蓬亂四足蹬直，陰森恐怖
把綠繡眼掃起，身體柔軟眼睛圓瞪
失神凝望似在沉思
無復以往嫵媚精靈；
一切在沉靜進行
緬甸軍隊屠宰洛興雅和孟加拉族
人蛇集團手起刀落，剝削勒索
敍利亞什葉與遜尼殺個你死我活；
國殤日，新澤西州一段收費公路車禍
一對老夫婦意外身亡，一個曠世天才與白癡
諾貝爾獎得主，普林斯頓數學大樓午夜魅影
從此消失。納氏均衡點，
非合作賽局，兩人合作賽局，
希爾伯特第十九問題位勢方程解釋，
什麼加上什麼，一切歸諸於零
時間或空間譜系解釋，EXPTIME 完全問題，
六連棋，時間追逐空間，空間調解時間，
一切用理論解決，除了生命。

什麼才是美麗境界？理性與瘋狂，黎明與黃昏？
靈肉生剋，因為精準方才精神分裂？神經失常？
生命是實是虛？是空是有？是真是假？
憂鬱時刻徬徨不安，強力意志在哪裡？
他疏忽了一種理論，生命賽局沒有遊戲規則
無常無法精準計算；勝負，生死，
沒有和局。它的課題永遠存疑，永遠未知
未發生前不可知，發生後不再是完全問題，
每天都不一樣，每人都不相同，
不赴挪威領獎是否另一賽局？
如果早或晚一分鐘走出機場？
如果坐上另一部計程車？
國殤日不是退伍軍人節賽局
他的命運幾乎是一定的。

《聯合報》聯合副刊 2015 年 8 月 31 日

▎詩人自述

　　張錯，美國南加州大學中國及比較文學系教授，臺北醫學大學人文藝術特聘講座教授。

▎關於本詩

　　偃鼠飲水及綠繡眼猝亡均是我半隱山居日子經常碰到的事件，就如行腳僧人在山中用方便鏟把它們處理了。也像戰禍連綿，屠殺日熾的無常世間，東南亞、中東等地國族殺戮，殘酷不仁，哀鴻遍野，令人髮指，卻又無可奈何。想起當今經濟學諾貝爾獎得主的約翰‧納許（John Forbes Nash Jr. 1928-2015）的悲劇命運，他的精算「賽局理論」及生平被拍成電影《美麗境界》（*A Beautiful Mind*, 2011）為人熟知。怎知就在 2015 年 5 月 23 日（美國國殤日）去北歐挪威領獎後返回普林斯敦大學路上計程車失事，夫婦雙亡。

一座美學的花東縱谷記憶

曾元耀

池上的大坡池睡著
像一張平躺的夢境
反覆安靜
時間以多層次筆法，將想像
逐一厚塗在所愛的湖面
所有的構圖，像一次次旅行
畫布上每一筆皆隱隱透著
油菜花味道

遁入秋日的風中寫生
胭脂調紅了九月
是金針花
是六十石山早秋的笑容
而綿密的運筆
便從這純粹且無邪的感動出發
返身自照
於日出處收筆

在細膩的回味裡
每道霞光都藏著寂靜的晨曦
畫中布滿露水的時間

我們一步一步漫遊到縱谷的邊境
除了拾得繽紛的色彩，還有
一座花東縱谷的美學記憶

《吹鼓吹詩論壇》22 期 2015 年 9 月 1 日

▌ 詩人自述

　　1950 年生。1972 年海大漁業系畢，1983 年中山醫大醫學系畢。曾做過遠洋拖網漁船水手、高雄阮綜合外科、民生醫院內科、凱旋醫院精神科醫師，現為鳳山信元診所副院長。55 歲開始寫詩。曾獲北縣、桐花、夢花、花蓮、菊島、漂母杯、六堆大路關、新北市、臺南、大武山、林榮三、鍾肇政等文學獎以及其他各種文學獎項。2009 年曾出版詩集《等待女人》。

▌ 關於本詩

　　花東縱谷是臺灣後花園最精華的地方。從臺東池上的伯朗大道、金城武樹往北走，一路上經過六十石山的金針花以及如夢似幻的雲山水，每一道景色都讓人流連忘返，畢生難忘。此詩試著用美麗的詞句來負載旅人的浪漫，並藉由詩的昇華，召喚生命美好的回憶。

預言書 No.03

薈朵

滿樹的花卻結不出果實
因為那根部有一隻老鼠正啃著
牠越來越大
樹就日漸枯萎了

上帝把種子灑在大地
風帶來溫暖的春天氣息
有些飄下在河裡
有些翻落掛在草葉
有些還在空氣裡遊戲

收割的時間不定
秋天一直沒來
夏日直接連接冬天
再等下一個春吧
你說。

你是飄蕩一整年的蒲公英
乾枯或是豐腴都在老天的眼裡
你剩下微笑與輕盈
剩下自個兒的
逆向而飛

詩人自述

蔓朵,元智大學中語系副教授。以蕭瑤為筆名獲全國宗教文學獎散文組二獎,詩作收錄於歷年臺灣詩選及選集,並發表於報紙副刊、詩刊等。出版詩集《玫瑰的國度》,著有詩論《石室與漂木——洛夫詩歌論》、《雪的聲音——臺灣新詩理論》、《細讀新詩的掌紋》、《孫過庭書譜中書論術精神探析》、《六朝賦論之創作理論與審美理論》等。

關於本詩

預言是一種隨性的聯想與書寫,對我而言;也許,這首詩的意象存在各種分歧的解釋,那就更有意思。

詩的靈感來自於《聖經》啓示錄中的某些發想,可解或不可解都沒關係,若讀者自行想像與理解,詩的目的就達到了。

在綠島
——記深冬之行

賴文誠

海還在等待
緩緩的雲說出答案
林投樹和草原
填上的綠
仍有最正確的風景

環島公路
將風騰寫在
人潮空白的島嶼上
細雨則陸續申論著
綿延潮濕的海崖

沙灘和礁岩
已經擬好
時間所有的題型
我們翻閱著
山坡裡的
每一群梅花鹿
就怕遺漏了
小小島嶼
複選的夜色

《吹鼓吹詩論壇》22 期 2015 年 9 月 1 日

▌詩人自述

　　國立新竹教育大學碩士，作品屢刊載於各文學詩刊間。習慣以詩描寫生活；習慣在喧鬧中以文字剪取寧靜的人。常在一些文學詩刊裡以詩作影印自己，喜歡享受語言洗淨後的美。

　　曾獲得教育部文藝創作獎、聯合報宗教文學獎、吳濁流文學獎、好詩大家寫、臺灣詩學詩獎以及多種縣市文學獎現代詩獎項，作品入選2012、2013年臺灣詩選，著有《詩房景點》、《詩說新語》等詩集。

▌關於本詩

　　冬天的綠島，是一張藏著許多祕密的風景考卷。當我們逐步閱題，在充滿著歲月題型的礁岩與山坡中填答著各種型態的心情解答。心中曾有的疑惑，或者曾有的執著與偏見，彷彿都一題接著一題，漸漸的明朗而確實了起來！

冰箱 1.0

葉子鳥

那只老舊的冰箱罹患了阿茲海默症
所有的生鮮，在記憶裡庫存
漸漸發出腐味，是否
有些壞毀都有一個共通的模式？
漏尿，眼淚結霜，偶爾流涎，恣意為是
嚼不動現實的語無倫次，堅持一生的骨質漸漸流失的撐
視界模糊，看見過去的單純美好，學不會眼前愈來愈多的複雜按鍵
意識的電源恍惚，慣性成為脾性
曾有過的意氣風發，在被定義為冰箱的身分下
榮光與狼狽並存，被生命的有限性引退

於告別儀式中，以妝扮、鮮花、被言說……
虛擬活的再現

骸骨還諸大地
有一些未竟的語詞，都被埋葬於
無人關切的巨大沉默

偶然被解構：
感謝你一生冰冷的奉獻

《吹鼓吹詩論壇》22 期 2015 年 9 月 1 日

▋ 詩人自述

　　葉子鳥。「吹鼓吹詩論壇」副站長，「南洋姐妹劇團」成員，曾參與「差事劇團」，曾任《本本》雙月刊執行編輯。出版《中間狀態》詩集。

▋ 關於本詩

　　當記憶不再的時候，人的靈魂是否還存在？一個人的一生到底是由誰去定義與闡述？抑是遺忘？或者說「歷史」的巨大喧囂與沉默，在人類話語裡所呈現的諸多視角，所帶給我們的省思是什麼？

　　老，並不可怕；最可怕的是失去思辨與行為的能力吧！

崇拜

游善鈞

沒有人發現我
總是一個人赤裸
剖開竹子並且
悄悄組合
直到那越來越神似
我的骨骼
再刮下一片片
蒼白的皮膚
黏糊出一盞好像
我的燈籠
空心等待
一根蠟燭或者
一根猶如蠟燭的指頭
當我發現燈籠
越來越緊繃已經開始
崇拜赤裸

《海星》詩刊 17 期 2015 年 9 月 1 日

詩人自述

畢業於國立中央大學經濟學系、國立臺北教育大學語創所。
出版長篇小說《骨肉》、《神的載體》；詩集《喉結抽動》。

關於本詩

關於一個人寂寞與慾望。

一二三木頭人

林婉瑜

當我們談及「愛」
總感覺，事態嚴重
這個沉重的字眼
有些人要不起

「一二三木頭人！」
每當你在蔚藍色人海中
轉頭，看我
我讓自己靜止
髮絲凝固在風中
腳步停頓空中
黑色眼珠固著不動像千萬年的琥珀
心屏息
不露出任何心動的破綻……

假裝風吹的時候樹葉不會動
假裝走在雨季卻閃躲了每一顆雨水
假裝大浪打來時，徒手推回了它們
假裝沉著鎮定，心裡的湖泊，是固體
假裝冷淡，瞳孔裡沒有裝著誰的影子

「一二三木頭人！」
我沒有動
也沒有愛你

《自由時報》自由副刊 2015 年 9 月 7 日

詩人自述

　　曾出版詩集《剛剛發生的事》、《可能的花蜜》、《那些閃電指向你》。

關於本詩

　　本書收錄的〈一二三木頭人〉和我的另一首詩〈大風吹〉，當時同時發表在自由副刊，是兩首以孩子的遊戲寫愛情的詩。

　　當我們放下成見偏見，回到精神上那種最好的時刻去感應世界，發動創意主動去解釋環境中的景象與存在，那些尋常的人物事，遂衍生出另一層想像另一層意義，有時詩就在那樣的地方發生。

清水斷崖
——花蓮

張堃

我又來了
又站立矮石牆前
遠眺時間怎樣
停頓在
寂靜無聲的遺忘中

此外，我來憑弔
視線盡頭的灰濛海平線，追懷
以海天一色為背景的回憶

除了海風稍鹹
濤聲近了些

一切和多年前拍攝的一幀風景照片
幾幾乎
沒有改變
只不過相機不同了
我的記憶
也數位化儲存了而已

《聯合報》聯合副刊 2015 年 9 月 14 日

詩人自述

張堃，本名張臺坤，1948 年出生於臺灣臺北。旅居美國近三十年，目前寓居加州 Tracy 市。

1980 年加入《創世紀詩社》，現為資深同仁、顧問。美國詩藝協會（Poetry Society of America）會員。加州作家俱樂部（California Writers Club）會員。

從事國際貿易多年，性喜旅行，試圖在每一段旅程都有新的發現，在不同的場域去透視生命，並且從中完成自我的提升。現已退休，兼職品質認證及企管咨詢顧問外，專司寫作。

作品散見臺、港、中三地主要詩刊及各大報紙副刊，並多次入選年度詩選與重要文學選集。曾獲《全國優秀詩人獎》、《中華文藝獎章》等。

著有詩集《醒‧陽光流著》(1980)、《調色盤》(2007)、《影子的重量》(2012)、《風景線上》(2016) 等。

關於本詩

記憶代表著一個人對過往活動、感受和經驗印象的累積。沒有了記憶，我們一切的活動立即失去意義。此詩旨在表現時光流逝的自然法則，絕無任何濫情的哀嘆與傷懷。作者舊地重遊，在看似不曾改變的景色中，察覺時間不論在回憶或者遺忘裡，始終刷刷而過，從不停留。風景雖先我們而存在，卻因我們的記憶而繼續存在。

某一天

坦雅

我想你是真的
思念我髮間的風
那時雨淡淡地下
手指尚未緊扣孤寂
眼神卻如章魚
噴墨
寫字

我想你是真的
記得我靈魂中的海洋
那時貝殼剛剛打開
美麗正要啟航
一道月光斜斜降落
唧魚
飛舞

我想你是真的
假裝遼闊假裝笑出波浪
那些風過雨過的岩石都懂了
海派的主題不易掌舵

而我還是那麼沙灘
喜歡核對腳印
層層疊疊我們來來回回的心

《中國時報》人間副刊 2015 年 9 月 17 日

▌ 詩人自述

坦雅，本名簡杏玲，東吳大學中文系畢業。

臺北人，現居大西洋岸小鎮。

曾任法務助理、文字編輯、廣告文案、電臺企劃、特約採訪、網站創意企劃。

著有詩集《謎》，散文集《消失的咖啡館》與《身體裡住著一個小女孩》，圖文集《Tanya 的多情濃縮配方》。

作品入選《小詩‧隨身帖》。

曾獲【創世紀六十年詩獎】。

▌ 關於本詩

三段充滿海洋氣息的時間，在屋頂曬月光。

初生的白

羅任玲

旅人走到空曠的夢裡
搭起一盞小屋
這暗影的黑
或者初生的白

他坐下來
把黃昏坐成草原一樣的黑

坐下來
他開始勾勒那些暗影
飛鳥遺忘的遠方

他伸出疲憊的雙手
像年少時代那樣
觸摸新鮮的紫色晚霞

所有故事都回來了
星星終於來接他的時候
那些空著手的日子也回來了

在另一個擄獲死者的夢裡
點起了一盞初生的白

《聯合報》聯合副刊 2015 年 9 月 17 日

▌ 詩人自述

羅任玲，臺灣師範大學文學碩士。著有詩集《密碼》、《逆光飛行》、《一整座海洋的靜寂》，散文集《光之留顏》，評論集《台灣現代詩自然美學》。

▌ 關於本詩

留白。

初秋讀韭花帖

蘇紹連

母親是一幅字
書法中飄逸的末端筆畫
已淡，已然
如遺跡

母親午寐後吩咐我磨墨
我去讀了五代楊凝式的韭花帖
去採折萎靡的舊時光
揉搓，放入水中
洗滌失神的眼眸

讀畢韭花帖
母親說：
「食著愛人送來的韭菜花
這款滋味親像
只剩一禮拜的初戀
毋甘離開毋敢哭
時間若是過
韭菜花結籽
變白變枯老」

鏡中的韭菜花田
是母親的臉
入秋之後
茂盛的
全在硯臺上
我蘸墨書寫
謹狀懷念

附註：《韭花帖》：「晝寢乍興，輖饑正甚，忽蒙簡翰，猥賜盤飧，當一
葉報秋之初，乃韭花逞味之始，助其肥羜，實謂珍羞，充腹之餘，銘肌載
切，謹修狀陳謝。伏惟鑒察，謹狀，七月十一日，狀。」

《中國時報》人間副刊 2015 年 10 月 1 日

▎詩人自述

　　蘇紹連。臺灣臺中人。1965 年開始寫詩，參與創立「後浪詩社」、
「龍族詩社」、「臺灣詩學季刊社」。致力於臺灣散文詩、超文本數位
詩、無意象詩的創作，設立「吹鼓吹詩論壇」網站，並主編《臺灣詩學・
論壇》刊物。著有《驚心散文詩》、《童話遊行》、《隱形或者變形》、
《少年詩人夢》、《時間的背景》等書。

▎關於本詩

　　有一日，騎單車鄉村踏查，往高美濕地，經韭菜花田，見農婦採折
韭菜花。在亮麗的秋陽下，心中忽然憶起曾讀五代楊凝式的《韭花帖》
書法，字自是意趣變化的極品，內容亦是舒朗閒適的暢心。與眼前菜花
田的畫面，可謂是相映成趣，回家後故得此詩。

關島十四行

曾琮琇

島上大霧，所有
滯留在此的旅客
都在問候
遠方的消息

衣服收進屋裡了吧，窗臺上
盆栽是否無恙
信用卡費已經逾期
撐哪一支傘出門
口袋裡的零錢夠不夠你
點上一杯熱咖啡

島上大霧，一半的雨水
直接打進眼睛（註）
另一半雨水
就落在自己心裡面

註：這兩句詩引用葉青詩集名稱《雨水直接打進眼睛》。

《聯合報》聯合副刊 2015 年 10 月 7 日

詩人自述

　　現為臺灣大學中文系博士後研究員，清華大學中文系兼任助理教授，博士論文《漢語十四行詩研究》甫獲詩學研究獎。出版過一本詩集，一本詩論。

關於本詩

　　去了一趟馬組，為了藍眼淚。據說，藍眼淚在多霧的季節特別明顯，也因此，多情的馬祖多留了我兩個晚上；馬祖對我而言，大概就是一個神祕，曖昧，略帶水氣的島嶼。所謂「關島」，與其說難忘，不如說是想念。

缺口

吳俞萱

在城市的邊陲
劈開枯木的中心
一如每日從長眠中醒來
忘了所有缺口
通向辭世的意涵

不去仰望鄰人
越蓋越高的房子
心無雜念
讓背越彎越低
低到足以正視
路上的塵埃
飄起
而自己的腳掌
牢牢黏在地表

一如每日
在刀斧的頂端
磨鈍自己的缺口
越來越完整
忘了完整的意涵

《聯合報》聯合副刊 2015 年 10 月 23 日

詩人自述

　　大學讀文學，研究所念電影，在日本學舞踏。信任直覺，無畏墜落。著有詩集《交換愛人的肋骨》、電影文集《隨地腐朽：小影迷的 99 封情書》、攝影詩集《沒有名字的世界》。

關於本詩

　　疑問「缺乏自然美景的工業地帶，究竟蘊含了什麼樣的自然？」於是我走入高雄的工業邊城，冷然地觀看、耐性地相處，透過詩和影像，沒有慶祝也沒有哀傷，試圖揭開一個沒有名字的世界。為了不失去它們，看的時候一心一意，拒絕命名。扯掉邊界，不分彼此。直到那些景物，逐漸映現人世。

晚秋四疊

許水富

1
一句句落葉。翻身吟哦自己的紀事
隨著風的命運以及一些些哲學的干涉
在譁噪幽怨裡完成死亡儀式
讓我想起家鄉收割小麥的乾燥語詞
像園藝學裡的私生子。曬在碗內
然後。把整個秋天吞下去

2
哭聲像晚宋。一只瓷碟靜靜的回收
我們用接近酡紅排遣一生太長的交易
在琥珀色低音聽最後矯情殘霞
像吹奏的菅芒。想著飛翔的樣子
那是十一月有人在白髮添加的糾纏
構成不斷淪陷在括弧裡的人世風景

3
激辯口腔。牙音椅斜著後嗣
所有發聲都在距離跋涉中行進
微冷小寒。衣衫有漣漪怯怯的弦栓
聽您指光滑下諸多菩提念珠
像招來的孤雁。叼著一帖北方消息

在浪人心堰裡藏著紛紛墜落的鈴聲

4
誰是晚秋酩酊最後的一介臣子
在李清照水紋衣冠裡竄改供詞
試圖重返季候綿延柔軟的狂猖
吐納。恣意越過黎民遷徙的典籍
將血緣暗流築巢在角隅島嶼
再以文字繁殖絲竹蔓生的裸身彩繪

《聯合報》聯合副刊 2015 年 10 月 30 日

▎詩人自述

以詩以畫以現實當下活著。
教職退休，轉任藝術總監，活不一樣的人生。
曾得華人世界「冰心文學獎」，添得自信。
詩集共出版有十一本，獲文學館收藏。

▎關於本詩

故鄉已成異鄉，往返其中，每次都是一種眺望。某年秋來，一個人
的孤旅，眼前暈開的都是季節禪意。詩終於在我的沉默中結網。

街友的午睡

莊源鎮

他睡著
呼息聲卻醒著，節奏起浮的醒著
風，柔漾的像母親撫慰的手
而日子是一條滔滔洪流，推動著
富足與困頓的旋轉門，不斷的翻動
不斷的沖蝕，旋轉門裡
一粒沙子的世界是多麼的巨大而飄渺
他真空的睡著，漂流的雲朵卻醒著
烏黑的天色宣告著壞天氣，一滴雨急驟的降落
在臉上，水做的子彈，啪
轟隆的響雷，驚夢

《中華日報》副刊 2015 年 11 月 3 日

詩人自述

　　莊源鎮，1966 年出生，臺灣臺南市（原臺南縣後壁鄉）人，國立新北高工畢業（原名省立海山高工）。曾任薪火詩刊社社長，現任職於南山人壽，詩作散見於各詩刊及報紙副刊，曾入選 2014 年度金門詩選。

關於本詩

　　日子像我們小時候玩的地圖迷宮，走向哪裡都是機會與命運。人生際遇如戲，世界如此浩瀚而人如此獨特又渺小，但求可安身立命之地，每個街友的背後都有一段迷離辛酸的故事。自我放逐，餐風露宿，或逃避現實，或是被家庭社會遺棄的弱勢，他們的人生遭遇到壞天氣，富足與困頓的旋轉門，不斷的翻動，什麼時候他們才能從流浪的夢境裡醒來？也許需要我們去關懷送暖拉他們一把吧，這是社會議題……

閒情

靈歌

相對如今
那些與草地對奕的腳印
至少清醒
風因觀棋噤聲
影子在攻防之間
緩緩推進陽光的布陣

終於楚河漢界
構築軍事的經緯線
於是易容，策反
擺出空城
復圍以溫柔的殲滅

午後的樹靜讀湖面的詩
以落葉圈點秋陽的精采
微風翻浪的吟哦，頻頻頷首
彷彿彼此交纏的眼神編織
暖化了對壘
只留酸甜參半的小爭執

陽光斜倚
測不準換日線

候鳥轉換季節
我的秋正打包遠行
妳的雪轉眼即至
讓妳的冰冷成為我的沸騰

《人間福報》副刊 2015 年 11 月 6 日

▌詩人自述

靈歌，本名林智敏，1951 生。世新專科編採科畢。

吹鼓吹詩論壇版主及同仁，野薑花詩刊副社長，創世紀及乾坤詩刊同仁。曾獲洪建全兒童文學獎，作品選入《小詩，隨身帖》、《台灣現代詩手抄本》、《水墨無為畫本》張默主編，《書註》張騰蛟編著。著有《漂流的透明書》、《夢在飛翔》、《雪色森林》等詩集。

▌關於本詩

秋日午後，靜觀公園的草葉樹木湖面，光影對照中，有如對弈的推移攻防。詩，由外景入內心而生情，眼前很近，神思卻遠。內外交替變化，內心由純然的靜掀起波瀾。

蓮火片片

鍾順文

不出聲的紅唇，驚豔出聲的蜂
嘩然的水聲，還是讓蓮不開口
沉默是沉默了些
連滿臉紅通通的夕陽都看不下去
遠遠的喊說：晚了
不晚，不晚
隨風擊掌的蓮葉回了兩聲
撼動了周邊的花草
此起彼落的高舉單手呼應
一張張失而復得的相片
被黑壓壓的大暗房洗出
唯有一支接一支燒開的紅火把
點亮了滿街行人的眼光
齊聲驚呼：不晚，不晚
都是不開唇的紅蓮惹的禍

《聯合報》聯合副刊 2015 年 11 月 9 日

詩人自述

目前因受榮教士的影響停筆了五年，也因為上帝寫見證重拾老筆，累積所見所聽的種種上帝所呈現的聖蹟，準備出見證集，回應上帝的呼召和差遣。除了寫作，偶爾也寫一些頌揚上帝的恩賜詩，平時做一位快樂的宣教門徒。每日似乎離不開神的同在。也唯有追求永恆的生命，才是人生必經之道。沒有什麼比平安喜樂更可貴的事。

關於本詩

由不出聲誘出聲響，然聲響不見得可惹出所有的人發聲。

沉默不見得是一件好事，會有一些好事的眼目妒心不安，會讓酸溜溜的顆心憾恨。但周邊的正義之聲，雖是遲來的福音，往往受到此起彼落的呼應，也是一種晚來的祝福。

不晚，一切的事情都不晚的，只要你樂意釋放和滿心歡喜地接納，一切都是晚來早到，雖然是那不開唇的紅蓮惹出的禍。

Nhari

朱國珍

Nhari，Nhari ——
太魯閣族語：快
快，貨櫃車
快開，火車快駛
沒鋪枕木的軌道，小米田
那邊再過去那邊，呼吸
除草劑，焦枯的青春。

漢人說在那裡跌倒就
在那裡站起來；Nhari
族人說在那裡跌倒就
在那裡躺好，看星星
好美麗，因父及子及聖神
喝補力康告解，補充
體力，喝一瓶再上，
喝兩瓶就乖乖躺倒，夢中
驚醒。不好意思
跟上帝太靠近。

Nhari，Nhari ——
快，火車快追

怪手時速五公里，
日薪臺幣一千五，Sorry
老闆說：沒有退休金。微笑
補充外來語。貨櫃車
開過休耕的甘蔗田，
獵槍的眼睛快逡巡
白鼻心，獵人來不及追憶
部落的山羌果子狸，換來六個月刑期。快
快，要快到哪裡去？

Nhari，Nhari ——
很多國中生醉酒騎機車，很快
摔死在田裡，來不及
長大。十個表姐弟，
一個習醫，兩個
士官長，兩個警察，
五個常蹲門前烤飛鼠，
看命運的火車頭嘯嘯
疾駛，那邊的後面和
後面的那邊，小溪急躁
流過時光的豐年祭。

《自由時報》自由副刊 2015 年 11 月 10 日

▌ 詩人自述

清華大學畢業、東華大學藝術碩士。2015 林榮三文學獎新詩首獎。
2013 亞洲週刊全球十大華文小說。2013「拍台北電影劇本獎」首獎。
2011 臺北文學獎年金獎。曾任華視新聞主播、記者,廣告公司總經
理特助。

現任廣播節目主持人。作品:《離奇料理》、《中央社區》、《三天》、
《貓語錄》、《夜夜要喝長島冰茶的女人》。

▌ 關於本詩

「如果我能阻止一顆心破碎,我便沒有白活」。Emily Dickinson 這
首詩驅魔般召喚我關於詩的溫柔與格局,讓我聯想起蘇東坡,將詞風從
胭脂柳巷拓展到豪放曠達。人身微渺,人生可以無限放大,當眾聲喧囂,
靈魂新故鄉寄託在胸襟懷抱,生存之道無他,惟情真,陪他哭,陪他笑,
陪他一個天涯。於是催生〈Nhari〉。

焚

尹雯慧

整個夏天火葬了
下了千年的大雪

穿過機場安檢站時
你的胸口不斷發出嗶嗶聲
隨時都有爆炸危險

你被限制出入境
炎熱高溫的身體漸漸
窯燒成一具陶製兵馬俑

武裝避秦多年
不甚入世的你被運到博物館展覽
你茫然四顧
所有同袍均已投胎生還
爭相和你拍照留念

你唯一的遺物是一件藏紅袈裟
被放在玻璃棺裡展示
孤獨的衣冠塚
將你葬在血泊之中

《聯合報》聯合副刊 2015 年 11 月 26 日

詩人自述

　　文字工作者，曾參與多齣舞臺劇演出，目前為自由撰稿人。作品曾獲得桃園文藝創作獎、葉紅女性詩獎、馬祖文學獎、新北文學獎、全球華文文學星雲獎、玉山文學獎等，並曾入選客委會「築夢計畫」、國藝會「創作補助計畫」、雲門舞集「流浪者計畫」、文化部「詩人流浪計畫」以及都蘭部落「好的駐・跨界創作交流計畫」駐村藝術家。

關於本詩

　　過去數年來，我在流亡藏人群聚超過半個世紀的第二個故鄉——達蘭薩拉，工作與生活了一段不算短的時光。失去國家的圖博（西藏）人，有的選擇出逃異國，尋找自由，有的決定留在家鄉，為生存奮鬥；這其中，有超過一百三十餘人，為爭取尊嚴與人權，選擇在自己的肉體點燃熊熊焰火。

　　〈焚〉是一首向他們致敬的作品，也是提醒自己不要忘記書寫的理由。

煙戲

管管

生你的是女人，滅你的也是女人
養你的是男人，殺你的也是男人
別怪他們

媽媽若是火
爸爸就是灰飛煙滅
爸爸若是火
媽媽就是煙鎖重樓

《兩岸詩》創刊號 2015 年 12 月 1 日

▎詩人自述

管管，1928 年生於膠州青島，是獨子也是孤兒，住在臺灣。寫詩六十多年，畫畫四十多年，演戲三十多年。曾任記者、節目主任、總編輯，著有詩集六冊、散文五本，演出電影電視戲劇三十五部。

▎關於本詩

這是天下的男女、雌雄、陰陽，所以水火相鬥、水火相親，天下大亂、天下太和，結婚、離婚、愛死、恨死。這首有什麼聖潔乎？一首口號而已。口號可以治國，記得「天下為公」嗎？男女也叫公母天下什麼都有，就是少了愛。

微恨

唐捐

恨也是謎底，不能太快
告訴你。像十七年蟬
在黃葉以下三吋處
止息。金劍粲然
傷口默默
我們都受夠了。還要領受
──薔薇、蚱蜢、電桿木
無止的黃昏
唉，葛之覃兮
那樣糾纏而疼痛的延伸
神祕而無聲的吞嚥
謎面是開滿蘆花的八掌溪
火車輾過苦澀的大地
此間無事。微恨
甘蔗甜而已

《兩岸詩》創刊號 2015 年 12 月 1 日

詩人自述

　　唐捐，臺大文學博士，1968 年 12 月生於嘉義。曾任教於東吳大學、清華大學，現為臺大中文系副教授。曾獲五四獎、年度詩獎、時報文學獎、聯合報文學獎等，著有詩集《蚱哭蜢笑王子面》、《金臂勾》、《無血的大戮》等五種。

關於本詩

　　彷彿夜半開窗，看見明月一輪，天地雖然無恙，刀劍插滿良心。

木門

陳義芝

輕輕敲叩，剝啄你厚重的木門
以無聲的語言如霧，行過長廊
在寂靜的天猶未亮的夜裡

敲叩，剝啄，為夢中
我們說好要履行的約定
去到那難以抵達的天地盡頭

暗黑的長廊，我穿越
如推開三千扇門，縣互
三千年的暗夜

以鬼魅般空空的腳步當風
自窗外欺身。破曉冰涼
唯大理石雕像光滑的胸臀反光

俯瞰洪荒一彎細細的
月色在床，光點不斷被撫觸
被包裹，裸露歡喜與哀愁

彷彿夢中搖擺，又像是時間遞嬗的

上弦月與下弦月交替，持續演練
一些情節，今日復明日

穿越暗黑的長廊。我是霧
而你厚重的木門彷彿
天地盡頭，無聲，過完此生

《聯合報》聯合副刊 2015 年 12 月 8 日

詩人自述

　　陳義芝，1953 年生於臺灣花蓮，成長於彰化。曾任聯合報副刊主任、高級資深績優記者。歷任輔大、清華、臺大等校兼任講師、助理教授。參與創辦臺灣師範大學「全球華文寫作中心」，現任國文學系副教授，兼任國語日報董事。著有詩集《不安的居住》、《我年輕的戀人》、《邊界》、《掩映》等八冊，有英譯本（GREEN INTEGER）、日譯本（思潮社，国書刊行會）、韓譯本（預訂 2016 出版）。

關於本詩

　　2015 我還寫過招搖山行三部曲（〈迷穀〉、〈歌哭〉、〈流人〉），向前輩詩人致敬的〈重讀瘂弦詩〉，向慈航法師致敬的〈僧衣〉……。以〈木門〉入選，料因情詩較具普同感受。

　　「木門」即心扉，詩境據此意象而生發。情是人的靈魂，人無法斷情，一如詩中所寫「上弦月與下弦月交替，持續演練／一些情節，今日復明日」。

旅途

綠蒂

旅行
是我另一種隱居的方式
不停地選擇
一個移動的迷宮
把意象與風景置入
是人潮喧譁燈火輝煌裡的
路人甲
是無人歇足黯淡驛站上的
過客

一切都在旅途上
每篇記遊
都是孤寂的入出口
人因內隱記憶的清晰
令一切情境無法重來

每個歲末的鈴聲
都在催促著回憶和內疚
冬至的大寒夜
在雪地尋搜純淨的冷白
或讀取天上熠熠星光取暖

你總是扮演著
夢中的失蹤人口
讓未來的旅程
不至於太寂寞

《聯合報》聯合副刊 2015 年 12 月 10 日

▌詩人自述

　　本名王吉隆，現任中國文藝協會理事長及中華民國新詩學會理事長、秋水詩刊發行人兼主編，曾任世界詩人大會第十五屆及第二十三屆會長。

　　著有詩集：《藍星》、《綠色的塑像》、《風與城》、《雲上之梯》、《孤寂的星空》、《春天記事》、《夏日山城》、《存在美麗的瞬間》、《綠蒂詩選》、《秋光雲影》、《冬雪冰清》、《四季風華》等十七種詩集。

▌關於本詩

　　人永遠處於流動的旅途，不管呈現或隱居，俱是在旅途上，對美好的未來，恆有永遠的等待和尋覓。

中年人的鬍子

黃梵

鬍子，總向來人低頭
不是憑弔，就是認錯
甚至像圍巾，悉心裹著一個人的嘆氣
只要有風經過，它也想飛起來

它一直往下長，是想拾撿地上的腳印？
是想安慰被蚯蚓鑽疼的耕土？
是想弄清地上的影子，究竟有沒有骨頭？
是想長得像路一樣長，回到我初戀的地方？

它從不記恨我每天刮它的疼痛
它從不在乎，我是它飛不高的禍首
當然，它也像一根根鐵鍊
把我鎖進了中年

一旦睡夢來臨，它便騰出一千隻手
徹夜為我化妝，讓一個陌生人
在清晨的鏡子裡等我

《聯合報》聯合副刊 2015 年 12 月 18 日

▊ 詩人自述

　　黃梵，1963年生。詩人、小說家、副教授。已出版著作《第十一誡》、《南京哀歌》、《等待青春消失》、《女校先生》、《浮色》等。長篇小說處女作《第十一誡》在新浪讀書原創連載時，點擊率超過300萬，被網路推重為文革後最值得青年關注的兩部小說之一。獲「金短篇」小說獎、漢語雙年度詩歌獎、金陵文學獎、雙年度文化藝術獎、美國露斯基金會詩歌獎金等，作品被譯成英語、德語、義大利語、希臘語、韓語、法語、日語、波斯語等文字。

▊ 關於本詩

　　中年人的鬍子是中年人矛盾內心和自省的外化和象徵。哪怕它每天被刀具砍伐，它依舊頑強地生長，不懈地去尋找那已失去的純真、初戀、故地、骨氣、去探究腳下土地正經歷的苦難，也因中年的世故和市儈，它不經意把主人囚禁於凡庸的市井生活，但它每晚的瘋長，令清晨從夢中醒來的主人，詫異自己在鏡中不再是睡前庸人，而是一個充滿希望的陌生人……

解憂十二節

向明

一

逐水草而居
碰到了發呆的火山口
不免就想問
再也不能口沫橫飛了吧
是否有無法早洩的苦悶？

二

讓詩用過的包裝紙樣跋扈
讓無厘頭的情緒起義
讓無助的手直搗
根本虛有的黃龍
只為，要做個十足的壞人

三

夢中情人呵！
某已經快踏破鐵鞋了
不露面就算了吧
早就知道這一切都是扯淡
最清楚要抓牢這迷你的時間

四

時間從沙漏窄口分秒跌落
永恆不知在天涯何方難逢
薛西弗斯的傻勁徒勞無功
用蠻力拔河者
終究會跌個鼻青臉腫

五

誰都想表現高人一等
白蟻一夕吃掉整本近代史
還夸談要堵塞黃河缺口
只有蚯蚓最想得開
潮濕黑暗也活得自如自在

六

月光，汗濕下來一大片
像植物樣生活的詩人
便不免懷疑屈原李白雪萊
這些落水的前輩
是否剛才有來過後現代？

七

蒲公英總隨自由意志飛翔
眾草芥永遠只能貼地生長
切莫要詛咒公平不公平
這些抽象的詞語
只是野心家說來好聽

八

一朵雲比一朵雲匆忙
才閃過北方雪崩的風暴
又趕上南方憤怒的氣旋
南美洲的森巴太露骨
桑吉巴的獅子又太馴良

九

只想找許多高招來玩玩
譬如五毒，譬如五癆七傷
好想更殘忍更狠毒更荒唐
卻老是簽不上合同
都說您老仍太幼齒，別想

十

結論是，永不會有的結論
超前者往往還落後五公分
君子說他也只能自虐不息
兀鷹高站懸崖上落淚，說
抓小兔崽子絕非我的初衷

十一

拔劍斬蛇也好
隨機取樣也行
市場已在追殺誰投機倒把
電眼在牆上隨時緊盯
某必得松鼠一樣翻牆機靈

十二

此路不見得通向幽冥
也未必定是柳暗花明
拐角的老榕樹鬍已拖地數丈
說幼年來的時候懵懵懂懂
而今則雙眼已矇矇矓矓

《聯合報》聯合副刊 2015 年 12 月 22 日

▎詩人自述

　　向明本名董平，1929 年生，湖南長沙人。軍事學校畢業，曾任國防
高參，副刊編輯，詩刊社長、主編等職務。出版有詩集個人詩集十二種。
詩話集及詩隨筆八種，散文集兩冊，童話集兩冊，譯詩集兩冊。編著有
年度詩選三本，曾獲優秀青年詩人獎，文協文藝獎章，中山文藝獎，國
家文藝獎，中國當代詩魂金獎。1988 年世界藝術與文化學院頒贈榮譽文
學博士學位。

▎關於本詩

　　身處亂世，憂愁痛苦永無寧日實乃常情，也無日不在想方設計逃避
憂煩，擺脫苦厄。然而世事變化無常，禍福永在不停的循環，想要脫身
免除，千難萬難，顧此難免失彼。我之妄言解憂，實也不過是在作阿 Q
式的精神勝利，掩飾一下生存之尷尬，苟活之難為也。千萬別當真以為
良方，果能濟世，善哉，善哉。

補釘

林餘佐

送洗好的外套
一直掛在衣櫃裡
透明的袋子將外套
包裹得密不透風
像真空包裝的零食
果肉被風乾
小小的防潮包
提醒我請勿落淚

你的袖口有補釘
小小的破洞
裁縫師用一樣花色的襯布
從內部縫上
你穿著補過的外套生活
沒人發現你受過傷

我也帶著補的心
過日子，只是在入秋後
特別想念你那件外套
我怕補釘哪天又會鬆脫
而你永遠不會發現

口袋裡不再會有發票
咖啡、飯糰、香菸
這些消費構成你的日常
它們都是可以消化的物質
你和它們都是碳水化合物

我學你
買了咖啡、飯糰、香菸
安靜地複習你
安靜地將你消化
讓你成為我的補釘

《自由時報》自由副刊 2015 年 12 月 28 日

▌詩人自述

　　林餘佐，嘉義人，目前就讀清華大學中文系博士班。曾出版個人詩集《時序在遠方》（2013），曾獲林榮三文學獎、教育部文藝獎……等。作品散見報章副刊。

▌關於本詩

　　對我來說，文學是修補之術。
　　日子裡傷害太多，滿目瘡痍的生活需要補釘，襯布花色乍看之下相同，只有自己知道傷口不曾復原，只是反覆被掩蓋。

咖颯 ・ 不然氣
——夢見卡薩 ・ 布蘭奇朗誦〈再別康橋〉

李長青

不然氣輕輕的我走了
親像我開始講半燒冷的臺語
我輕輕的招手
作別西天的雲彩

那河畔的柳姿
是黑夜裡孤獨的金箔
波光盪出劍影
佇我的心肝頭閃閃爍爍

軟鐘上的青苔
密密紛雜著時光的分航與斷聚
佇無想欲閣講話的時陣
我是一株月見

我是一粒灰石
佇艱苦的色水內底
沓沓滴滴（tāp-tāp-tih-tih）臺灣的
心事

馴夢？撐一支長篙
向青草更青處漫漫探溯

我是一舟星雨
穿越斑斕的氣層放歌

那些音質被譜唱為異鄉的小調
小調是陌生的笙簫
夏蟲也為我沉默
沉默是旅途的荊棘

悄悄的我走了
正如我悄悄的來
我揮一揮衣袖
不帶走一片雲彩

《吹鼓吹詩論壇》23 期 2015 年 12 月 31 日

▋ 詩人自述

　　曾任臺灣現代詩人協會理事，《笠》詩刊編輯委員，《中市青年》主編。現為《台文戰線》同仁，臺中市文化推廣協會理事，國立彰化師範大學國文系博士生，靜宜大學臺灣文學系兼任講師，吳濁流文學獎基金會董事。

　　著有詩集《落葉集》、《陪你回高雄》、《江湖》、《人生是電動玩具》、《海少年》、《給世界的筆記》、《風聲》等。

▋ 關於本詩

　　這首詩寫告別：告別一群詩人，告別一個詩社，告別一家詩刊，告別一段誠摯純真的過去。

　　經過三年沉澱，這首詩抒發的是 2012 年底的心境。或許，詩仍在現實與朦朧之間，在可解與不可解的慨當以慷，憂思難忘裡。或許，憂從中來，不可斷絕，契闊談讌，心念舊恩。

壁虎下山 （華語、日語、臺語混搭詩）

王羅蜜多

壁虎追逐一隻斑蚊
從大樓頂峰一躍而下
降落名為豐田的部落。又
越過「曼巴」，循著
「泰雅」圖騰進入神祕山洞

他好奇的探索，爬涉
經過「恰吉」而「馬參利」而
「艾爾酷令」而「引擎」
但在「加母烈達」岩縫裡卡住了
癱軟的身軀垂掛十字交叉的線路上
就像殉道者一樣。而
驚駭過度的尾巴就此斷離關係
求生去了

隔日，部落的主子到來
啟動大地馬達。瞬間
「皮士動」撞擊內心，烈火灼燒全身
他哭號著，主啊，赦免我罪吧
只是追殺一隻蚊子

主子似乎聽到禱告，就來打開引擎蓋

拔出「火珠仔」檢視，突然
祂發現這「加母烈達」殉道者，大叫：
我親愛的孩子，「蟯虫仔」，主赦免你了

壁虎從此正名「蟯虫仔」，並列名聖道士

註：「曼巴」保險桿，「泰雅」輪胎，「恰吉」充電器，「馬爹利」電瓶，
「艾爾酷令」空氣濾清器，「加母烈達」化油器，「皮士動」引擎活塞。
均是修車師傅常用的臺式日本外來語。

《吹鼓吹詩論壇》23 期 2015 年 12 月 31 日

▋ 詩人自述

　　王羅蜜多，本名王永成，1951 年生，淡江大學中文系畢業，南華大
學宗教學碩士，曾任臺南縣市政府民政局課長、戶政事務所主任。吹鼓
吹詩論壇「新聞詩」、「散文詩」版主，已出版詩集《問路 用一首詩》、
《新聞詩集：颱風意識流》、《詩畫集：夢境飛行》，曾獲 2014 年生
原家電「閱讀空氣詩獎」，2015 年臺文戰線文學獎現代詩首獎。

▋ 關於本詩

　　壁虎下山，以修車師傅慣用的「臺式日語」，把汽車零件轉化成地
名與令人衍生想像的物件，並藉壁虎打獵追逐獵物進入各種部落與岩洞
的過程，以及生死之間與上主的對話，探討生命的意義。我們生活化語
言的混搭相當普遍，應用在詩句中往往能多重指涉，產生有趣的詩篇。

柴

葉 莎

因為一次斧鉞靠近
不得不成為柴薪
向人剖心，置腹
不願掩飾幼稚或老成

若有鳥提及遠方
更加想念雲和風聲
也曾盼望化身木屐
相信碎步也能天涯

此刻身子彼此緊挨
又留一些空隙給螞蟻築巢
日夜等待一次烈火焚身

唯有灰燼
才能再次走回森林

《臉書》 2015 年 12 月 31 日

詩人自述

葉莎,本名劉文媛,臺灣省桃園縣人,瑞士歐洲大學研究生,得過桃園縣文藝創作獎,桐花文學獎,臺灣詩學小詩獎,DCC 杯全球華語大獎賽優秀獎,出版個人詩集《伐夢》、《人間》,北美雙語合集《彼岸花開》,杭州女詩人合集《花弄影》。目前是乾坤詩刊編輯,臺灣詩學會員,臺客詩刊顧問。

關於本詩

直到如今,在我的老家仍然靠劈柴用來燒水,屋簷下堆疊的柴薪是生活中始終存在無法抹滅的風景。這首詩企圖以柴的命運表達某種無奈,以柴之被細綁對照心之渴望奔放,而最終將思想漸次提昇至「生也死之徒,死也生之始」的觀念。

指顧之際漫談詩
《2015 台灣詩選》編選觀察後記

　　記得在 2014 年夏天有一次訪問蕭蕭老師時，曾談到一年一度台灣詩選詩作遴選的過程和其中所代表的意義；今年有幸實際參與資料收集以及助理編輯的工作，更加體認台灣年度詩選所肩負的龐大責任。

　　此次遴選過程除了收集 2015 年《中國時報》、《聯合報》、《人間福報》、《自由時報》、《中華日報》的所有詩作之外，詩刊部分包含《笠》、《創世紀》、《乾坤》、《吹鼓吹》、《海星》、《葡萄園》、《衛生紙》以及《野薑花》、《大海洋》、《兩岸詩》亦逐一篩選；第一輪篩選過程在 9 月 30 日結束在無數詩作中共計挑出 133 首詩，又於 2016 元旦再針對 10 月至 12 月底各報紙及詩刊所發表的詩，進行同作者以更優秀的詩替換和加入其他新作者好詩，最後再一首一首仔細檢討及篩選，不敢輕忽亦不敢鬆懈，這樣的篩選過程真是嚴峻又殘酷啊！

　　因為網路書寫盛行，新詩顯現一片蓬勃之姿，然而好詩需要具備怎樣的條件呢？眾說紛紜，不外意象、美學、靈動、和用心於筆墨之外，句能藏字，字能藏意……等。而在 2014 年 5 月至今仍餘波盪漾的鄭捷事件，2015 年 4 月份詩人辛鬱的殞沒，和 6 月分八仙樂園派對粉

塵爆炸事故，導致許多年輕生命的喪生和對社會造成的傷痕，詩人多所著墨，我們亦選了幾首代表詩作。詩人的胸懷不停放寬放遠，不吝關懷身處的社會和周圍的人事物是必要的！

而在詩刊方面，個人覺得《創世紀》、《吹鼓吹》詩作水準仍具領先之勢，《笠》、《乾坤》維持穩定的一貫風格，而《衛生紙》具有其獨特風格與編排，亦讓人刮目相看，《海星》詩刊即將步入第十九期，主題徵詩和好詩短評比起以往更加精彩了，《野薑花》自從2014年9月改版之後，詩刊設計更加奪目以及內容量爆增，努力在詩界直起急追，不容小覷！

形容光陰有人說「指顧之際」，意思是說手指輕輕一指一回首，一年已盡。一年有無數首詩誕生，有無數新生代詩人如雨後春筍冒出頭來，新詩和往年有何不同風貌呢？但願這本2015年臺灣年度詩選能告訴您答案！

懷念辛鬱

辛鬱詩選

關渡渡口
晨霧初散
我來訪這漫漫的一片

對岸的觀音
寶相未露
而梵唱已冷
山門外
殘留我昨夜
未竟的夢

百年前的身世
何必多說
繁華已沒入水線
新砌的石臺
已難覓
汲水女子的足跡

此時節
我心泫然
耳中塞著的
盡是老去淡江的輕咳

石頭人語──給人
人去室空
好一片寂靜之美
我坐在博物館的一隅
輕輕地　舒一口氣
心想：回家真好

長年作客異域
誰知我常自暗泣
念天地悠悠　千載歲月
閉目而過，煙漫中的雲岡
不知是怎般光景

久違了，我黃膚的親人
今夜我將不夢
我醒在　你們全神的凝注中
耳際迴繞　熟悉的話語
我說：回家真好

不要燃燈　請允許我在
絲綢一般光潔的全黑中
打開心窗一扇
緩緩地　從我生命的內層
伸一隻意念之手　出去

去敲
你們家的門　篤篤
篤篤篤篤　挨家挨戶的
敲門　醒醒我的親人
久違了親人　醒醒呀

醒醒呀　集歷史的迴響
在這單一的呼喚之中
我咬緊牙根
只想說：
讓我回家

那張冷臉背後的生命昇華

人生是一面掛在一間蒸氣房中的鏡子，永遠擦拭不淨；
而詩負有使這面鏡子清淨的責任。

　　　　　　　　　　　　　　　　　　　　　　——辛鬱

　　推廣現代詩創作不遺餘力的作家辛鬱（宓世森，1933-2015），於
2015 年 4 月 29 日因肺炎併發心臟衰竭病逝於臺北，享年八十二歲。
辛鬱 1933 年生於杭州，從小生長在外婆家，七歲才和父母共處並到上
海讀書，十五歲從軍後隨軍隊來台，於 1996 年退役，著有詩集《軍曹
手記》、《辛鬱自選集》、《豹》、《因海之死》、《在那張冷臉背後》
及小說、雜文集多種。

　　洛夫曾在《豹》集序言中指出：「對於『自我』形象的塑造，以
及對『自我』的省思，辛鬱可能較其他詩人更為突出，他追求的不只
是彰顯『自我』，而是超越『自我』。他曾說：我一直認為文學藝術
之可貴，在於作家鍥而不捨地對自己生命的挖掘，而達致自我生命的
昇華。」而詩人一連串的自傳體詩，如〈青色平原上的一個人〉(1962)、
〈自己的寫照〉(1972)！〈演出的我〉（六齣，1974-76）、〈石頭人語〉
(1983)、〈紅塵〉、〈體內的碑石〉(1987) 等，無不蘊含直接或間接的
關照方式來表現自我，將「我」融於自然之中，以達到物我一體的境
界。

　　詩人管管在 1999 年爾雅出版的《辛鬱·世紀詩選》寫推薦序，文
末寫道：「讀罷辛鬱這本詩集，我必須說嚴羽說過的：『夫詩有別才，

詩有別趣，非關理也，然非多讀書，多窮理，則不能極其至……如空中之音，相中之色，水中之月，鏡中之相，言有盡而意無窮。」這常見的話頭。但今人之中能悟得其中妙處，而又寫得其中妙處者，並無幾人！」其推崇之意盡顯。

辛鬱病中仍創作不斷，2015 年 4 月 7 日他在聯合報發表了一篇散文〈病友〉，描寫和一位不相干的人結為病友的情節，有一段自我調侃的描寫：「說好話我雖不擅長，卻也略知門道。展笑顏可就難為了自己。我一向臉上肌肉緊縮，加上牙齒歪歪斜斜，叫我笑口大開，不如罰我喝三杯白乾。我不笑、避笑，免笑之餘。得了一個『冷郎君』綽號，老來易為『冷公』。」

然而詩人真的冷嗎？「我開放自己／不論白晝或黑夜／就是那小小一朵：無刺的薔薇」這是辛鬱在〈自己的寫照〉末段的詩句，薔薇無刺，友善美麗而可親，這才是辛鬱真正的性格。
回望 2015 年，思及詩人殞沒，此刻窗外冷雨更冷更涼了！而 2016 年三月將至，再次捧讀辛鬱的〈關於三月〉讀到末段的書寫：

> 三月總會下幾場雨
> 一場下在新綠上
> 一場下在朦朧裡
> 一場呀一場下在心頭
> 弄濕了紙紮的時光
> 那可不好玩

無論新綠或朦朧，春天果然是紙紮的時光，在帶雨的詩句中行走，更添惆悵。我們卻可以從辛鬱詩句中窺探詩人細膩多感而溫暖的心，昇華生命！

歷屆年度詩獎得主一覽

◆ 2003　米羅卡索（蘇紹連）

◆ 2004　陳育虹

◆ 2005　南方朔

◆ 2006　李進文

◆ 2007　商禽

◆ 2008　張默、鴻鴻

◆ 2009　陳克華

◆ 2010　陳黎

◆ 2011　楊牧

◆ 2012　鯨向海

◆ 2013　席慕蓉

◆ 2014　林婉瑜

◆ 2015　李長青

二魚文化　文學花園　C137

2015 臺灣詩選 *The Best Taiwanese Poetry, 2015*

主　　編　蕭　蕭
特約編輯　葉　莎
責任編輯　林家鵬
美術設計　朱　疋
繪圖題字　李蕭錕
行銷企劃　溫若涵
讀者服務　詹淑真

出 版 者　二魚文化事業有限公司
發 行 人　葉　珊
　　　　　地址　106 臺北市大安區新生南路二段 2 號 6 樓
　　　　　網址　www.2-fishes.com
　　　　　電話　(02)2351-5288
　　　　　傳真　(02)2351-8061
　　　　　郵政劃撥帳號　19625599
　　　　　劃撥戶名　二魚文化事業有限公司
法律顧問　林鈺雄律師事務所

總 經 銷　大和書報圖書股份有限公司
　　　　　電話　(02)8990-2588
　　　　　傳真　(02)2290-1658

製版印刷　彩達印刷有限公司
初版一刷　二〇一六年三月
I S B N　978-986-5813-75-8
定　　價　三二〇元

國家圖書館出版品預行編目 (CIP) 資料

臺灣詩選. 2015 / 蕭蕭主編. -- 初
版. -- 臺北市：二魚文化，2016.03
面；14.8 X 21 公分. -- (文學花園；
C137)
ISBN 978-986-5813-75-8 (平裝)

831.86　　　　　105001252

贊助單位／臺北市政府文化局

一魚文化